AF503989

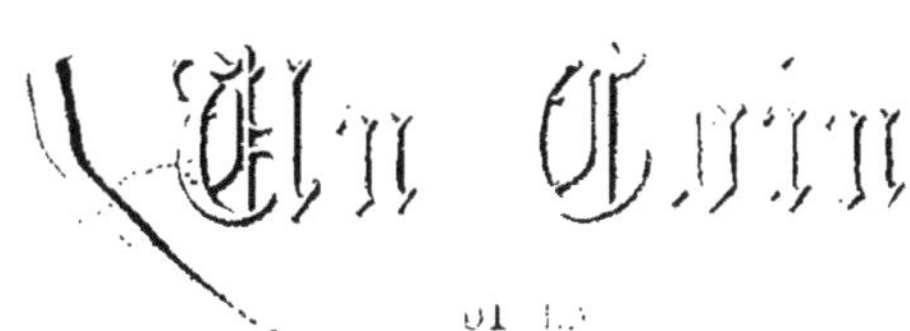

Récits Historiques et Légendaires

DE

LA FRANCE.

Un Coin

DE LA

VIEILLE PICARDIE

PAR

DE MARICOURT,

Auteur de Ste Evrard.

PARIS
LIBRAIRIE DE P. LETHIELLEUX,
RUE BONAPARTE, 66.

TOURNAI
LIBRAIRIE DE H. CASTERMAN,
RUE AUX RATS, 11.

H. CASTERMAN
éditeur.

RÉCITS HISTORIQUES

ET

LÉGENDAIRES DE LA FRANCE.

La Pollye grièvement blessé vient de tomber.

UN COIN

DE

LA VIEILLE PICARDIE

OU

LES ARQUEBUSIERS DE SENLIS

PAR

E. DE MARICOURT;

Auteur de Sire Evrard, d'Un Anglais sur le chemin de fer du Nord, etc.

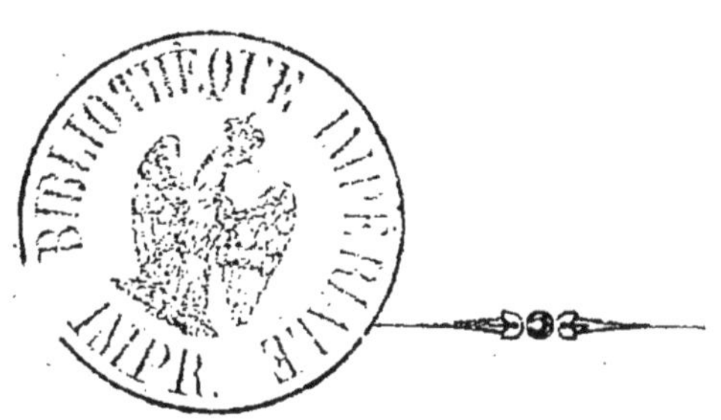

PARIS
LIBRAIRIE DE P. LETHIELLEUX,
RUE BONAPARTE, 66.

TOURNAI
LIBRAIRIE DE H. CASTERMAN
RUE AUX RATS, 11.

H. CASTERMAN
ÉDITEUR.
1861

PROLOGUE.

Un certain employé au ministère des finances, se réveilla un beau dimanche de fort bonne heure. Il pensa aussitôt qu'il avait le droit de dormir toute la matinée, mais à force de se constater à lui-même cette liberté inusitée et de se complaire dans le sentiment de son indépendance, il ne se rendormit pas, et se demanda bientôt comment il allait employer cette journée dont il était le maître. Il se rappela que, dans ses moments perdus, il aimait à s'occuper d'archéologie, qu'un sien ami, archéologue fanatique et habitant de Senlis, lui réclamait depuis longtemps de lui une visite : ces deux souvenirs se combinant dans son esprit y firent éclore un projet qui fut aussitôt mis à exécution. Trois heures après, il était sur les promenades de Senlis, et l'un des premiers objets qu'il y aperçut fut son ami qui, les bras croisés, contemplait silencieusement un grand mur fort laid, richement orné de touffes de pariétaires et d'orties.

— A quoi pensez-vous donc ce matin? lui demanda le Parisien, après que les compliments eurent été échangés de part et d'autre.

— Je pense à l'aspect que devait avoir le lieu où nous sommes, à pareil jour, il y a maintenant 271 ans !

— S'agit-il d'une légende ?

— Non, d'une histoire : je vous conterai cela… après déjeuner cependant.

En effet, après déjeuner, ils étaient installés sur un des bans de la promenade, et l'habitant de Senlis commença aussitôt.

UN COIN

DE

LA VIEILLE PICARDIE.

~~~~~~~~~~~~~~~~~~~~~~~~~~~~~

CHAPITRE I.

L'HOSTELLERIE DES TROIS POTS. — LES BOURGEOIS
DE SENLIS. — LE SEIGNEUR DE BALAGNY.

Maître Martin Michel était devant sa porte, le soir
du 25 avril 1589 : au-dessus de cette porte, on
lisait en gros caractères : *Hostellerie par la per-*
mission du Roy ; et un peu plus bas : *Dinée du*
voyageur à cheval douze sols : couchée du voyageur
à cheval vingt sols. Plus haut, sur la façade en
briques aux fenêtres couronnées d'un tore curviligne chargé de trois caissons, on voyait incrustée
l'ancienne enseigne sculptée en pierre et représentant trois pots : cette maison et cette enseigne
~~~~~~~~~~~~~~~~~~~~~~~~~~~~~

dataient du XIIIe siècle[1], et depuis cette époque on connaissait, à dix lieues à la ronde, l'hôtellerie des *trois pots d'étain*. Maître Martin Michel, comme tous ses confrères, portait le béret blanc, le pourpoint blanc, chausses blanches, tablier rejeté sur le côté droit, tandis qu'au côté gauche était passé un long couteau à manche de cuivre : il paraissait en proie à une vive agitation, se promenant de long en large dans la rue du Châtel jusqu'à la cathédrale, et là son regard, dirigé vers la porte Saint-Rieul, semblait interroger anxieusement l'espace. Il attendait sans doute des convives attardés ; on eût pu le supposer en jetant un coup d'œil indiscret dans l'intérieur de la maison, au fond de l'immense salle pleine de longues tables, d'escabeaux et de formes. Dans l'antique cheminée voûtée, des quartiers de viande tournaient sur leurs broches : les murs étaient tapissés de cadres entourés de velours où des images vivement enluminées représentaient l'arche de Noé, la tour de Babel, les principaux prophètes et patriarches de l'ancienne loi, coiffés d'un chaperon comme des bourgeois du XVe siècle et le chapelet passé au bras, le crucifiement avec le bon larron dont l'ame est reçue par un ange, tandis que de l'autre côté, celle du mau-

---

[1] Elle existe encore en partie rue du Châtel, 25.

vais est fouettée par un diable cornu : de hauts et
brillants tranchoirs d'étain soutenaient des piles
de pain blanc et de pain de seigle : au mur étaient
pendues des écuelles luisantes, des couteaux grands
et petits, des couteaux dagues pour trancher. On
apercevait aussi une grande table isolée, la seule
qui ne fût pas couverte de plats et disposée pour
le festin que semblaient indiquer tous ces prépa-
ratifs : c'était la table des excommuniés qui paraissait chercher le silence et l'oubli dans le coin le
plus sombre de la vaste salle. Dans un coin encore
plus retiré étaient jetés sur un escabeau, une
lourde arquebuse, d'ancien modèle, un hausse-col,
des épaulières et une salade soigneusement four-
bie : c'est que maître Michel occupait un rang
mémorable dans la milice bourgeoise, il était en
outre quartenier, et son autorité s'étendait de la
porte Saint-Rieul jusqu'à la rue de l'Apport-au-
Pain. Dévoué comme tous les bons citoyens de
Senlis à la cause royale, il subissait impatiemment
le joug des ligueurs qui dominaient dans la ville,
et cherchait à user de son influence pour faire
triompher les droits du souverain légitime. Au
fond de la grande salle, en face de la porte d'entrée,
une main malhabile avait peint grossièrement la
croix de Lorraine par-dessus les armes du roi
qui, effacées à regret, se montraient encore sous

du badigeon dont on les avait couvertes. Maître Michel avait annoncé à tous ses voisins qu'il attendait des hôtes de distinction pour un grand repas qui devait avoir lieu à l'hostellerie des Trois-Pots dans l'après-midi, mais des préoccupations d'un autre ordre remplissaient son esprit. Il n'avait répandu ce bruit que pour détourner les soupçons des malintentionnés, car les hôtes en question étaient des royalistes de la ville et des environs qui devaient se réunir chez lui pour délibérer sur les moyens d'expulser les ligueurs. Tandis que maître Michel continuait sa promenade longitudinale dans la rue du Châtel en donnant des signes d'inquiétude et d'impatience, il arriva jusque sur la Place de la cathédrale, au moment où du haut du clocher l'homme du guet frappa trois coups sur la cloche[1], qui retentit, et le métal vibra longtemps avec un frémissement sonore.

— Ce sont eux! ils arrivent par la porte Saint-Rieul, s'écria l'aubergiste.

Au même moment, un petit groupe d'arquebusiers déboucha sur la place par la rue de Chaslis, en parlant vivement et à haute voix.

---

[1] Dans les villes de la Picardie, jusqu'au XVIIe siècle, le guet du clocher lançait sur la cloche autant de coups qu'il voyait de personnes approcher des portes de la ville.

— Maître Claude Stocq, nous direz-vous qui vient à cette heure? serait-ce le sire de Vieux-Pont? Le sire de Rasse nous a fait espérer qu'il entrerait sans aucune suite par la porte Saint-Rieul, tandis que ses gens se cacheraient dans la maison des Marmousets, et le quartier Saint-Martin.

— On a dit, reprit un autre, qu'ils devaient s'introduire par la brèche du côté de Saint-Vincent, et que nos frères les Cordeliers en ont déjà abrité plusieurs dans leur moustier.

Claude Stocq, celui qui avait été interpellé et qui paraissait le chef de la petite bande, répondit aussitôt :

— Mes maîtres, apprenez que les sires de Vieux-Pont et de Betancourt entreront avec 500 hommes d'armes tant cavaliers que fantassins, archers, piquiers et arquebusiers; ils sont dans les environs, je sais aussi d'une manière positive que notre seigneur l'évêque a été réclamer les secours du duc d'Aumale; dans deux jours, il y aura sous les murs une armée de plus de deux mille ligueurs, et alors vive la Sainte-Union! il faudra bien de gré ou de force, quoi qu'en disent les royalistes, que nos amis entrent dans la ville!

— Cependant, reprit Pierre Velly, l'arquebusier, qui avait parlé le premier, vous avez vu comme quoi le sieur de Thiel avec Martin Michel, Claude Bruslé, Jacques d'Athié, Pierre de la Ruelle et tous les royalistes de la rue des Meaux, que le ciel confonde! ont empêché ces dignes seigneurs de passer la porte Saint-Rieul. Hâtons-nous en tout cas, car si ce sont des amis, peut-être leur refusera-t-on encore le passage.

Pendant cette conversation, Martin-Michel s'était effacé derrière un des gros pilastres de la porte du Châtel, et aussitôt que les arquebusiers ligueurs disparurent à l'angle de la place, il rentra précipitamment chez lui, se coiffa de sa salade, saisit son arquebuse et s'élança dans la rue pour courir à la porte Saint-Rieul s'opposer aux projets de ses ennemis; mais à peine fut-il arrivé au haut de la place de la cathédrale, qu'un nouveau groupe d'arquebusiers, sortant de la rue des Coulombs-Blancs, vint à sa rencontre.

— Nous n'avons plus rien à craindre! s'écria de loin l'un deux; Jean Ledoux, Pierre Brissat, Michel Trinpart et Philippe Méthelet sont de garde à la porte, les nouveaux arrivés ne sont autres que le sieur Germain de Thiel, Guillaume Bruslé, le marchand de soie, qui reviennent de Chantilly, et avec eux se trouve un seigneur du voisinage, mais il m'est inconnu; ils vont tous arriver *aux trois Pots*, car nos amis se sont hâtés de leur ouvrir les barrières, malgré l'opposition de Claude Stocq et des ligueurs qui l'accompagnaient.

Quelques instants après, ces bourgeois, tous amis ou voisins de l'aubergiste, ayant déposé leurs armes à l'entrée de la salle, s'étaient assis autour des tables de l'hôtellerie et paraissaient fort occupés du repas qui s'apprêtait. Ils se levèrent tous à l'arrivée des trois personnages que l'on attendait avec tant d'impatience.

— Que deux d'entre vous se mettent en sentinelle dans la rue, dit un des nouveaux venus après avoir attentivement regardé tous ceux qui se trouvaient dans la salle ; nous avons à nous entretenir de choses trop sérieuses pour laisser approcher les curieux et les indiscrets.

— Mes précautions sont prises, sieur de Thiel, répondit Martin Michel, j'ai posé des gardes aux abords de la rue ; nul ligueur ne s'y hasardera sans être reconnu ; vous pouvez donc parler en toute sûreté, car nous sommes tous ici francs royalistes, bons bourgeois, et compagnons *de l'arbalète*. Ce seigneur qui nous accompagne, je n'en doute pas, est des nôtres.

Le sieur de Thiel, voisin de maître Michel, était habillé de noir comme tous les bourgeois, mais il avait le chapeau pointu à ailes retroussées et à panaches adoptés par les gens de guerre de l'époque ; il s'empressa de répondre :

— Ce seigneur est le noble sire de Balagny-sur-Aunette qui vient nous apporter le secours de son épée et conquérir de la gloire dans le siége que nous aurons probablement à soutenir.

Pendant qu'on le présentait aux bourgeois, le sire de Balagny s'était négligemment étendu sur un escabeau, après s'être débarrassé de sa toque de velours à plumes et de sa cape. Avant qu'on ne l'eût nommé, chacun avait reconnu sa qualité, car il portait un juste-au-corps écarlate (couleur permise exclusivement aux nobles et aux hauts dignitaires ecclésiastiques) ; une légère épée de parade renfermée dans un fourreau de velours était jetée derrière son dos; il avait des chausses alors appelées *chausses à la gigote* : le haut renflé par de légères lames de fer en était large et bouffant jusqu'aux genoux ; sur ses bas de soie s'attachaient des souliers *à cric,* ainsi nommés à cause du bruit qu'ils faisaient, hauts du talon et fixés avec des nœuds de ruban de soie rouge : enfin, ses cheveux étaient relevés sur le front, maintenus raides et soigneusement pommadés, tandis que les moustaches se relevaient en crocs cirés et que sa barbe se terminait par une petite pointe également cirée; une énorme fraise empesée complétait son ajustement : c'était, à n'en pas douter, un seigneur de la cour d'Henri III et qui en avait scrupuleusement adopté les plus nouvelles modes. Quoique attachés au parti du roi, les hôtes de maître Michel ne pouvaient se défendre de l'aversion qu'inspiraient généralement ses favoris, ses *mignons*, et tout ce qui tenait à la cour ; les bourgeois traitaient les nobles avec une sorte de déférence craintive et méfiante ; aussi, malgré les éloges du sieur de Thiel, tous les arquebusiers conservaient-ils vis-à-vis du seigneur de Balagny une contenance hésitante et embarrassée. Comme s'il ne se fût pas aperçu de cette impression, le seigneur, tout en rajustant les plis de sa fraise, leur dit :

— Mes maîtres, ainsi que vient de vous l'apprendre le sieur de Thiel, je suis venu ici pour me consulter avec vous sur les moyens de faire triompher la cause du roi : plusieurs officiers de son armée, plusieurs gentilshommes des environs sont prêts comme moi à vous venir en aide; mais comme il est nécessaire que nous connaissions la situation de la ville, ses moyens de défense, ses ressources et les dispositions des habitants, je viens auprès de vous prendre toutes ces informations qui nous seront utiles. Pour ne pas éveiller l'attention, j'ai laissé ma suite hors des murs, et me suis acheminé seul le long du faubourg de Villevert ; près de la porte Saint-Rieul, j'ai rencontré le sieur de Thiel dont les discours ont confirmé mes craintes et mes espérances, car si vous comptez sur des secours, il faut compter aussi sur une prochaine attaque. Les bandes pillardes de Betancourt et de Vieux-Pont rôdent dans les environs. Le duc d'Aumale va bientôt quitter Compiègne; il est même certain que, sur la pressante invitation de notre évêque Guillaume Rose, il a fait partir son avant-garde sous la conduite des sires de Mainneville et de Congy : vous le voyez, mes maîtres, il ne faudrait pas dédaigner les épées d'une centaine de gentils-hommes prêts à défendre votre ville.

— Que Dieu nous garde! s'écria Martin Michel; avec son aide, nous nous défendrons contre tous nos ennemis du dehors et du dedans; mais vous, sieur de Thiel, ajouta-t-il en baissant la voix, quelles nouvelles nous apportez-vous de Chantilly?

— Il viendra, mais il faudra nous assurer de la porte Saint-Rieul.

— C'est moi qui serai de garde, j'aurai les clefs et je choisirai mes hommes, répondit vivement l'aubergiste.

Puis, comme le seigneur semblait manifester une curiosité impatiente, il ajouta :

— Il est nécessaire que nous reprenions de plus haut le récit des événements qui se sont passés dans

la ville pour que ce digne seigneur puisse juger
de notre situation et l'exposer aux autres gentilshommes qui daignent se joindre à lui pour cette
entreprise.

— Oui, dit le sire de Balagny, que le sieur de
Thiel veuille bien reprendre le récit qu'il avait
commencé à la porte Saint-Rieul; il me parlait de
l'influence des échevins de Paris, et me disait qu'à
leur instigation ceux de votre ville avaient signé
l'acte de la Sainte-Union ainsi que tout le clergé et
les notables.

— Messire, reprit Germain de Thiel, vous savez
que, dans l'origine, la ligue fut l'association des
partis bourgeois, municipal, populaire et catholique pour se défendre contre les mouvements
armés de la réforme calviniste, mais cette association si légitime dans son but dégénéra bientôt en
un fanatisme cruel, ambitieux et révolutionnaire.
Nous avons toujours été dans toutes les phases de
notre histoire profondément attachés à nos rois et
à notre religion, mais nous n'avons jamais sacrifié
les intérêts de l'humanité à nos principes; pendant
l'horrible exécution de la Saint-Barthélemy, les
huguenots de Senlis, prévenus à temps, ont pu se
retirer en sûreté.

— Comment se fait-il qu'avec des idées si mo-
dérées, la plupart de vos concitoyens aient tendu

la main à ces farouches et fanatiques ennemis de
la royauté, de l'ordre social, des vieilles et belles
institutions qui nous régissent depuis des siècles?

— Vous n'ignorez pas, messire, que le célèbre
avocat David a démontré aux universitaires, parle-
ments et halles que le roi, malgré ses actes de
dévotion, n'était pas un appui assez ferme pour la
catholicité menacée, qu'il était sans cesse hésitant,
qu'il pactisait avec les huguenots au lieu de les
écraser; on en est venu insensiblement à penser
qu'à ce grand parti catholique, il fallait un chef
digne de lui; qu'après tout, les Valois et les Bour-
bons ne devaient la couronne qu'à l'usurpation
capétienne, que la race carlovingienne était encore
représentée par la maison de Lorraine, que le duc
de Guise enfin remplacerait avantageusement un
roi pusillanime. Or, les bons et sincères catholiques en signant l'acte d'union voulaient seulement
entraîner le roi à favoriser la religion d'une manière plus efficace; les autres, poussés par l'ambi-
tion personnelle, voulaient élever M. de Guise sur
la ruine des Valois, établir un gouvernement bourgeois et municipal qui eût augmenté leur influence;
or, vous le savez, les hommes violents et hardis
entraînent les timides et les indécis; nous étions
d'ailleurs poussés dans cette voie par le clergé;
notre seigneur l'évêque Guillaume Rose, intime-

ment lié avec le président de Neuilly, ligueur acharné, était indigné de la corruption de la cour dans laquelle il a vécu longtemps; il a mis tout en œuvre pour exalter les esprits : il a institué les processions blanches; chez nous, il y figurait lui-même, la face voilée, les pieds nus, et dans ses prédications enthousiastes, il tonnait avec une éloquence persuasive contre les hérétiques et les mignons.

— Cependant, il devait son élévation au roi qui, après l'avoir eu comme prédicateur ordinaire, lui a donné le siége de Senlis Mais ceci n'a rien qui me surprenne, car j'ai vu à cette époque des moines parcourir les rues de Paris, vêtus du froc et portant des hallebardes.

— Notre seigneur l'évêque que l'on dit être un savant théologien, mais d'un caractère fougueux, a donc entraîné tout le clergé et une partie de la population qui avait en lui la plus grande confiance ; car il a le don de remuer les masses, avec sa parole; à son arrivée ici, il a béni le guidon de notre compagnie des *arbalestriers* qui porte cette devise : *Florescet sœclis innumerabilibus*. Il a fait exhumer les reliques de notre vénéré patron saint Rieul, pour prouver d'une façon irrécusable aux habitants et à l'évêque d'Arles que le corps du saint apôtre n'était pas dans leur ville

— Il y a eu à cette occasion, interrompit maître Guillaume Bruslé, marchand de soie, une solennité bien remarquable ; les saintes reliques ont été transférées dans une belle châsse, et promenées solennellement depuis Saint-Rieul jusqu'à Notre-Dame, Saint-Aignan, Sainte-Geneviève et Saint-Pierre ; beaucoup d'évêques suivaient la procession, et comme le saint protége toujours notre ville, nous ne pensions guère alors à toutes les calamités qui devaient nous accabler sitôt après.

— Votre évêque a été envoyé comme député aux états généraux, je faisais moi-même partie des deux cents gentilshommes qui suivaient le roi ; nous avions tous la toque de velours et la cape, nous portions la hallebarde à bec de corbin[1], le clergé était en rochet, les gens de justice en bonnet carré et robe de palais. Quant à votre évêque, il s'est présenté avec un hausse-col et la pertuisane sur l'épaule.

— Oui, continua de Thiel, il était accompagné de Damp Muldrac le *théologal* du chapitre Notre-Dame ; il parla avec grande véhémence contre les progrès de l'hérésie et la tolérance du roi qui autorisait le libre exercice du culte calviniste. Peu de temps après, les Guise furent massacrés à Blois ;

---

[1] Ancien manuscrit, conservé à l'hôtel de ville de Senlis.

vous avez appris qu'alors toute alliance entre la royauté et la Sainte-Union devint impossible; dès le vingt-cinq décembre, nous l'apprîmes à Senlis par un messager tout vêtu de noir, qui était venu toujours courant de Paris, envoyé par les échevins et les seize quarteniers. Il parcourait les rues, en criant d'une voix lamentable : *Messires les bourgeois et manants, nous n'avons plus nostre sainct et brave protecteur Henry de Guise, et monseigneur le cardinal son illustre frère!*

« Les fenêtres s'ouvrent précipitamment, la terrible nouvelle court de bouche en bouche : un morne silence pèse sur la ville, puis tout à coup mille imprécations furieuses retentissent de tous les côtés; le lendemain on ne voyait que rubans noirs aux pourpoints, croix blanches cousues sur les chapeaux, et chacun copiait et récitait l'appel aux armes que voici :

« Aux cloches! aux armes! aux cloches! aux
» armes! nous sommes perdus, nous sommes
» damnés, nous sommes hérétiques, nous sommes
» huguenots. Ils l'ont tué, le protecteur de l'Église!
» aux cloches! aux armes!

» L'homme fort, le confiant dans sa force s'est
» un moment devêtu de son armure; ses enne-
» mis ont accouru. Ils l'ont tué, le protecteur de
» l'Eglise! aux cloches! aux armes!

» La terre a tressailli de sa chute, la Loire a
» remonté vers sa source, et Blois la ville impie
» ne s'est pas émue! Ils l'ont tué, le protecteur de
» l'Eglise! aux cloches! aux armes!

» Comme une forteresse, il a été entouré d'hom-
» mes armés, et pour couper le fil de ses jours il a
» fallu le tranchant de cent glaives. Ils l'ont tué, le
» protecteur de l'Eglise! aux cloches! aux armes!

» Un tyran cruel et fourbe porte encore le
» sceptre d'une main teinte de son sang. Ils l'ont
» tué, le protecteur de l'Eglise! aux cloches! aux
» armes!

» Vengeance! vengeance! que les Valois péris-
» sent, que leurs ossements et leurs ames tombent
» pêle-mêle dans les profondeurs de l'enfer! Ils
» l'ont tué, le protecteur de l'Eglise! aux cloches!
» aux armes! »

» Il faut avouer, continua le sieur de Thiel, qu'en
un pareil moment il était difficile de ne pas parta-
ger l'entraînement général; tout le monde était
devenu ligueur, les royalistes n'osaient avouer
leurs secrets sentiments, on criait partout : « A bas
les modérés! à bas les politiques! » L'évêque, du
haut de la chaire, appelait les fidèles, la corde au
cou, les pieds nus, à la défense de l'Eglise ; tous
debout, l'œil en feu, le bras étendu, prêtaient le
serment requis, et l'évêque promettait l'absolution

de toutes les fautes à ceux qui sigueraient l'acte de la Sainte-Union : des hommes armés étaient postés aux portes de la cathédrale, et un cinquantenier, appuyé sur son épée à deux mains, se tenait au pied de la chaire.... »

— Vous oubliez, interrompit un des arquebusiers royalistes, le brave sergent Pierre de la Ruelle, vous oubliez le terrible effet qu'a produit Damp Muldrac le théologal, lorsque comparant Henri de Guise au pauvre Lazare, et le Roi au mauvais riche, il nous représentait ce dernier plongé au fond de l'enfer et implorant en vain une goutte d'eau de Lazare qui jouit de l'éternelle béatitude dans le sein d'Abraham ?....

— Non, compère, je ne l'ai pas oublié, non plus que les brochures, couplets et caricatures que les *seize* faisaient répandre dans notre ville : nous avions déjà vu autrefois le duc d'Epernon représenté sous la forme du diable, et soufflant ses mauvais desseins dans l'oreille du roi, mais ce fut bien autre chose : j'eus entre les mains un pamphlet, à la première page duquel on lisait ce sonnet.

> Qui voudra descouvrir la ruse et la feintise
> D'un parjure faussant son serment et sa foy,
> Qui, vrai moqueur de Dieu, violant toute loy,
> Et tout couvert de fard, veut opprimer l'Eglise ;

Qui voudra voir à nud sous une robe grise,
Un ermite masqué d'un beau titre de roy,
Du peuple le fléau, la ruine et l'effroy,
Sans Dieu, sans foy, sans loy, le veut duire à sa guise ;

Qui voudra voir encor combien de cruautés,
Combien de trahisons et de desloyaultés
Faictes par un tyran en la ville de Blois,

Qu'il lise ce livret, et il verra comment
Jamais il ne s'est vu plus mauvais garnement
Pour pratiquer tels faicts que Henry de Valois !

— Et ce quatrain que l'on entendait chanter dans toutes les rues, dit Guillaume Bruslé :

Un tyran parricide, un perfide, un rusé
Par impost, par lognac, par serment, par feintise,
A pillé, massacré, violé, mesprisé
Son peuple, ses parens, sa foy et son Eglise !

— Et cet autre, ajouta Jacques d'Athié greffier de la ville, car vraiment ces refrains ont si souvent frappé nos oreilles, qu'il était impossible de ne pas les retenir :

Un turc, un allemand, un polonais fuitif,
Un renégat français, un anglais volentif,
Un ermite infidèle, un bastard italien
A ses mains blasphémant souillées du sang chrétien !

— Fort bien ! mes·maîtres ! fort bien ! interrompit avec un léger mouvement d'impatience, le
sire de Balaguy-sur-Aunette ; mais comme je me
trouvais à Paris dans ce moment, je connais tous
ces couplets et bien d'autres. Dites-moi plutôt ce
que fit la municipalité de la ville en pareille con-
joncture ?

— Or donc, continua de Thiel, à cette époque,
Nicolas de Liure, sieur d'Humerolles, était bailli de
Senlis de par le roi ; et nos quatre échevins sont
les sieurs Jean Lefèvre, Jacques Fournier, Philippe
Tureau et Philippe Germain : ils se réunirent avec
le bailli pour délibérer à l'hôtel de ville ; on y
décida que, comme à Paris, on organiserait provi-
soirement le système municipal, que les quarteniers convoqueraient le peuple, que les bourgeois,
organisés par cinquantaines, monteraient la garde
à tour de rôle sur les remparts, armés de leurs
arquebuses et arbalètes, qu'à chaque dizaine serait
confiée la garde des portes : mais ceci ne remé-
diait à rien, car les uns étant royalistes, les autres
ligueurs, il n'y a jamais eu d'entente parmi nous,
et chaque jour des rixes entre les bourgeois ensan-
glantent les rues : ce fut à ce moment que messieurs Dauville et Thoré-Montmorency, chefs du
parti politique, se sont présentés pour pénétrer
dans la ville, mais les Seize avaient écrit à nos

échevins de ne pas les laisser entrer : il a été convenu que nous ne recevrions aucune garnison de ligueurs ni de royalistes, que nous nous garderions nous-mêmes. Cependant, le sire d'Humerolles continuait à exercer les fonctions de bailli royal, malgré les murmures des mécontents ; les ligueurs voulaient le forcer à se démettre de sa charge ou à signer l'acte de la Sainte-Union.

— Il ne le pouvait sans manquer à tous ses devoirs envers le roi.

— Aussi a-t-il résisté courageusement aux sommations et aux menaces.

— Ce Claude Stocq qui voulait tout à l'heure nous empêcher d'entrer par la porte Saint-Rieul, est quartenier et a longtemps exercé les fonctions d'échevin ; il a été des premiers adhérents à l'acte de la Sainte-Union ; abusant de son influence, il réunit un jour vingt-cinq arquebusiers, de son quartier, à la tête desquels avec Jean Seguin chaussetier et François Seguin procureur qui de leur côté avaient réuni un nombre considérable de bourgeois armés, il alla présenter au sieur d'Humerolles la bande de parchemin, déjà couverte de signatures, qui contenait les serments des ligueurs. Pendant plusieurs jours, le bailli, seul contre tous, a constamment refusé. Nous n'osions prendre publiquement sa défense. Bientôt après, nous enten-

dons une grande rumeur dans la ville, des piéti-
nements de chevaux ; de grands cris, nous courons
tous aux fenêtres, aux portes ; un seigneur suivi
d'une bande d'archers portant la croix de Lorraine
et l'écusson des Guise s'acheminait rapidement
vers l'hôtel de ville, et sur son passage l'escorte
grossissait, car tous les ligueurs en armes se joi-
gnaient à lui, en criant : « Vive la Sainte-Union! »
Et lorsqu'on arriva devant l'hôtel de ville, la
place fut encombrée d'une haie d'arquebusiers qui
s'étendait jusqu'au beffroi communal : « C'est le
sire du Plessis de Rasse! disait-on dans les groupes ; il vient prendre possession de la ville au
nom du duc d'Aumale. — C'est notre seigneur
l'évêque qui l'a fait introduire dans la ville! »
Cependant le sire de Rasse qui avait son château
proche Chamant, monte à l'hôtel de ville escorté
par Stocq, Seguin et les autres bourgeois ligueurs :
il commande qu'on lui amène le bailli et les échevins. Le sire d'Humerolles arrive avec les échevins,
le sire de Rasse leur ordonne de signer l'acte de la
Sainte-Union, les échevins y consentent, le bailli
refuse ; alors les clameurs les plus furieuses écla-
tent de tout côté : « A bas le huguenot! le Maheû-
tre! » Pierre Seguin le saisit violemment par la
manche du pourpoint, et le sire de Rasse lui dit
qu'il l'arrête, au nom du duc d'Aumale; des arque-

busiers l'emmènent dans la rue, il est traîné au milieu des huées de la foule dans le cachot de la commanderie Saint-Jean. Alors, le sire de Rasse exhibe l'ordre du duc d'Aumale qui lui confére le commandement de la place ; le clergé vient lui présenter ses hommages et le reconnaître comme gouverneur. Pendant ce temps-là, les plus mutins se répandent dans les rues, entrent de force dans la maison du sire d'Humerolles qui est pillée, ils emmènent Jacques Fournier, Raoul Charmolier receveur des domaines, Eloy Métayer, Claude d'Huray, Jean Débonnaire et plusieurs autres royalistes connus, et on les jette tous en prison. Les armes du roi sont arrachées de la salle de l'hôtel de ville ; on y met celles de Lorraine ; les murs sont tendus de noir. »

— Les royalistes n'ont donc opposé aucune résistance ? demanda le seigneur de Balagny.

— Que pouvions-nous faire ? il nous fallut crier comme les autres : Vive la Sainte-Union ! et cacher nos secrètes pensées pour n'inspirer aucune défiance aux ligueurs, mais nous nous connaissions, et quand arrivera le moment décisif, nous nous retrouverons.

— Mais ce moment arrivera-t-il bientôt ?

— Demain, dit de Thiel en baissant la voix.

A ce moment huit heures sonnèrent au beffroi

communal. Martin Michel qui comme tous les hôteliers en province était en même temps cuisinier, surveillait tout en écoutant la conversation, ses aides, ses tournebroches et ses sauces.

— A table! messires! à table! s'écria-t-il; nos amis qui sont de garde à la porte vont arriver, car voici l'heure où une autre dizaine va les remplacer.

Bientôt après en effet, on entendit dans la rue le pas lourd et régulier d'une petite troupe d'arquebusiers qui s'arrêta à l'hostellerie des *trois Pots.*

— Voici les sieurs Jean Ledoux, Michel Truyart, Pierre Brissot, Philippe Méthelet, bons royalistes comme nous, dit maître Michel présentant les nouveaux venus au sire de Balagny.

On se mit à table, et la conversation continua.

— Quelques jours après, le bailli d'Humerolles, dit de Thiel, fut relâché ; comme le nouveau gouverneur ne me connaissait pas pour royaliste, il m'a confié la garde de sa personne.

— Et vous avez voulu le faire évader, brave compère?.... interrompit le sergent Claude Bruslé.

— Oui, mais le digne seigneur n'a jamais voulu y consentir pour ne pas me compromettre aux yeux des ligueurs. Tout ce que nous avons pu faire jusqu'à présent, dans l'intérêt de la bonne cause, a été d'empêcher, à deux reprises différentes, les troupes de la ligue commandées par les sires de

Vieux-Pont et de Betancourt d'entrer dans nos murs; hier encore, malgré le gouverneur, nous leur avons refusé l'entrée, quoiqu'ils se présentassent avec 120 hommes d'armes; les autres étaient cachés dans les faubourgs, et une fois le passage forcé, que serait-il advenu de nous?

— Le compère ne vous dit pas, interrompit encore Claude Bruslé, qu'à lui seul il les a fait rétrograder; je vais vous conter le fait : hier, sur les onze heures du matin, j'étais de garde à la porte Saint-Rieul avec ma dizaine, lorsque je vis paraître une nombreuse troupe de soldats, tant cavaliers que fantassins, sur la contre-scarpe du ravelin. A leurs enseignes, je vis qu'ils étaient ligueurs ; je reconnus le sire de Vieux-Pont pour l'avoir déjà vu lorsqu'il voulait entrer par la porte de Paris; s'approchant tout près de la barrière, il me somma de lui ouvrir la porte, je n'étais pas sûr de mes hommes; j'étais fort embarrassé, d'autant plus que le gouverneur accourant à cheval du haut de la rue Saint-Rieul, m'ordonna de lui livrer les clefs; comme j'hésitai à obéir, notre brave sieur de Thiel arriva d'un autre côté avec Pierre de la Ruelle, Jean Ledoux et Jacques d'Athié; il fit observer au gouverneur que les habitants de Senlis ne voulaient pas recevoir de garnison. Pendant ces débats, plusieurs arquebusiers de nos amis accourus de

la rue des Meaux, ont appuyé le sieur de Thiel.
Le gouverneur n'osant pas insister ouvertement
a répondu : « Il ne s'agit pas de garnison, vous
voyez bien que ce sont quelques seigneurs avec
leur suite qui demandent à manger et à se reposer
dans les faubourgs ; ils paieront tout ce qui sera
consommé pour leur repas. » Mais sans l'écouter,
le sieur de Thiel franchit les barrières, et s'élançant vers le sire de Vieux-Pont : « Monseigneur !
dit-il d'une voix ferme, je vous déclare que vous
n'entrerez pas ; nous sommes derrière les remparts
800 hommes armés et décidés à vous barrer le
passage ; si vous avancez, nous tirons sur vous ! »
Le gouverneur se voyant bravé en face, ne pouvait
cacher son dépit. « Vous êtes bien emporté, messire
le bourgeois, pour un homme de votre état ! Arrêtez-le ! arrêtez-le ! » cria-t-il aux gens d'armes de
la troupe de Vieux-Pont. Mais armant son mousquet et couchant en joue le sire de Vieux-Pont :
« Que personne ne bouge, il y va de la vie ! » dit-il ;
et il rentra tranquillement, tandis que le gouverneur furieux partait au galop avec ses archers ;
quant aux ligueurs, ils ont trouvé prudent de
tourner le dos.

— Et vous, sieur Bruslé, vous aviez bien envie
d'accompagner leur retraite de quelques arquebusades...

— Oui, j'avoue que j'aurai bien voulu dérouiller les cinq ou six vieilles arquebuses à croc qui se trouvent sur les remparts, mais vous m'avez arrêté en me faisant remarquer que nous aurions toutes les légions de la ville sur le dos. Dieu aidant, nous prendrons notre revanche demain !

— Qu'attendez-vous donc demain ? demanda le sire de Balagny.

— Il faut vous dire, reprit le sieur de Thiel, qu'après avoir consulté les royalistes de la ville, nous avons décidé qu'il fallait aller réclamer les secours de M. de Montmorency-Thoré qui, parti récemment de son château de Dangu, est venu à Chantilly....

— Thoré, dit le sire de Balagny ; je le connais, c'est le cinquième fils du rude connétable Anne de Montmorency dont les huguenots redoutaient si fort les *patenotres :* il est colonel général de cavalerie en Piémont, il brise les armes de Montmorency d'une cloche d'argent en cime de la croix, loyal gentilhomme, franc royaliste, quoique sa famille ait eu à se plaindre de Charles IX.

— Je suis donc sorti secrètement par la porte de Creil, et me suis rendu à Chantilly avec mon beau-frère Jacques d'Athié et Guillaume Bruslé, marchand de soie. Nous y avons trouvé aussi le sire de Montmorency-Boutteville ; nous avons exposé à ces seigneurs la malheureuse situation de Senlis ; ils ont compris que cette ville était la clef de la Picardie, que si les ligueurs s'en emparaient, Saint-Quentin, Amiens, etc., étaient perdus pour le roi : bref, nous nous sommes consultés ensemble sur les moyens de les faire entrer.

— Enfin! dit le sire de Balagny, et qu'a-t-il été décidé?

— Que M. de Boutteville viendrait en avant, que M. de Thoré le suivrait de près avec ses gens d'armes, que maître Martin Michel qui doit être de garde à la porte leur ouvrirait, tandis que nous et nos amis protégerions leur entrée.

— Et à quelle heure doivent-ils arriver?

— Dans l'après-midi!

— Personne ne connaît le complot?

— J'en ai parlé aux échevins, car je sais que royalistes au fond de l'ame, ils n'ont signé l'acte d'Union que par crainte, mais ils ont refusé de se prononcer avant l'événement; je suis sûr que si nous réussissons, ils seront les premiers à crier vive le roi!

— Vive le roi! répéta le sire de Balagny qui ne put contenir l'exaltation de ses sentiments.

— Plus bas! on pourrait nous entendre! dit vivement de Thiel, les sentinelles sont-elles toujours dans la rue?

Et il s'élança dehors pour vérifier le fait; à ce moment, il vit un homme se glisser dans l'ombre des maisons de la rue du Châtel.

— Qui va là? cria-t-il.

L'homme se voyant découvert ne chercha plus à se cacher, et gagnant le milieu de la chaussée s'enfuit à toutes jambes du côté de la halle malgré les arquebusiers qui faisaient le guet au bas de la rue et qui ne l'avaient pas vu arriver. De Thiel s'élança à sa poursuite. Quelques instants après, il était de retour dans la salle.

— Nous sommes trahis! dit-il avec un geste désespéré, on nous écoutait, il va prévenir le gouverneur et tous les ligueurs de la ville.

— Qui donc? demandèrent toutes les voix.

— Jacques Duquesne, cordonnier de la Halle, je l'ai reconnu à la clarté d'un falot que portait un valet.

— C'est ce ligueur enragé qui voulait se mutiner, nous menaçant de son mousquet, lorsque vous avez renvoyé la troupe de Vieux-Pont.

— Je l'ai vu se diriger du côté de Simon Poulain pâtissier, chez lequel se réunissent tous les ligueurs, que faut-il faire?

Guillaume Bruslé se lève d'un air déterminé.

— Ecoutez-moi, mes maîtres, rien n'est perdu; si les ligueurs nous ont entendus, ils se prépareront à empêcher les seigneurs d'entrer dans l'après-midi ; s'ils arrivent le matin, tout le monde sera surpris, il faut donc hâter leur arrivée !

— Mais comment faire ?

— Je vais immédiatement mettre ma cape et mon chapeau, me glisser silencieusement jusqu'à la petite poterne qui donne sur la Nonette. Il n'y a qu'une seule sentinelle qui m'ouvrira de gré ou de force ; une heure après, je serai à Chantilly, comprenez-vous, mes maîtres ?

— Que Dieu te protége et t'accompagne, frère !

On se sépara, et chacun, dans une silencieuse anxiété, regagna son domicile[1].

[1] Tous les personnages qui figurent dans ce récit sont historiques, leurs noms sont consignés dans un manuscrit conservé à l'hôtel de ville de Senlis.

CHAPITRE II.

Le soleil levant commençait à peine à dorer le
sommet de la tour Notre-Dame, que le sire de
Balagny, escorté d'un fidèle sarviteur appelé Lam-
bert qui l'avait rejoint pendant la nuit, se trouvait
avec le sieur Claude Bruslé, Jean Ledoux, Pierre
Crochet et quelques autres royalistes, sur les remparts de la ville : ils étaient à ce moment sur celu
des Capucins, entre la porte de Meaux et la porte
Bellon.

— Vous voyez, Messire, disait Claude Bruslé, que
nos fortifications ont été l'objet de travaux conti-
nuels pendant les deux derniers siècles : tous les
fossés ont été rétablis en 1480 : nous avions alors
huit portes fortifiées dites Eguillière, Saint-Rieul,

Saint-Sanctin, Bellon, de Meaux, aux Anes, de Creil, de Paris, les deux bastions de Paris et de Saint-Rieul, et une grande quantité de tours fortifiées et crénelées. En 1544, M de Roberval[1] commis par le roi pour réparer l'enceinte, a fait exécuter ces grands travaux que vous voyez à la porte de Meaux, établir le bastion de Saint-Vincent, relever le rempart depuis la porte de Paris jusqu'à celle de Creil, et supporter les portes Eguillière et Saint-Sanctin; dernièrement enfin, on a ajouté un éperon au lieu de la porte Eguillière, un autre vers celle de Creil, un ravelin à celle de Paris, un pont de sept arcades à celle de Meaux.

— Mais vos murs battus en brèche par l'artillerie ne tiendraient pas longtemps, dit le sire de Balagny, en secouant la tête, surtout si vous n'avez pour vous défendre que les vieilles arquebuses à croc montées et affûtées que j'ai vues à la porte Saint-Rieul ?

— Oh! oh! messire, nous avons encore deux moyennes de fonte montées sur leurs rouages garnies de leur charge et refouloir, et sept petits fauconneaux de fonte confectionnés aux frais de la ville, sur la culasse desquels on voit les armes

[1] Notice archéologique sur le département de l'Oise, par M. de Graves. Beauvais, 1839.

de Senlis avec la belle devise: *Liliati Galliæ Regum flores, cœlitus demissi.*

— Fort bien! maître Bruslé, mais ces pièces sont-elles encore au pouvoir du sire de Rasse et des ligueurs ses affidés ?

— Elles sont servies par la milice bourgeoise de la ville, et quand nous aurons fait entrer monsieur de Thoré....

— Mes maîtres, il n'y a plus de temps à perdre en discours, s'écria Michel Truyart qui, le mousquet à la main et le morion en tête accourait vers le petit groupe. Les ligueurs sont en éveil, ils se sont tous réunis dans la rue de l'Apport-au-Pain : ils sont armés contre leur habitude et semblent tenir conseil, ils vont peut-être s'emparer des portes, hâtons-nous de nous assurer de celle de Saint-Rieul par où doivent arriver les bons seigneurs de Montmorency.

— A-t-on eu des nouvelles ?

— Oui, Guillaume Bruslé est revenu de Chantilly pendant la nuit, il a vu M. de Thoré qui a promis de venir au plus tôt.

— Que fait le gouverneur ?

— Vous pouvez le voir d'ici, messires; à cheval avec ses fils et une petite bande d'archers et les quatre échevins, il visite les fossés le long des remparts Saint-Pierre et Saint-Sanctin; de Thiel

a fait courir le bruit que le sire de Vieux-Pont doit
arriver dans la journée par la porte de Paris, pour
détourner les soupçons; cependant le gouverneur
a refusé hier l'entrée à une procession qui venait
de l'abbaye Notre-Dame-de-la-Victoire, il se méfie
de nous.

Tout en causant à voix basse pour ne pas être
entendus des passants, ils étaient arrivés près de
la porte Saint-Rieul. La dizaine commandée par
Pierre Martin, lieutenant des eaux et forêts, y était
de garde, on y voyait maître Martin Michel, maître
Nicolas Macaire et Lesueur. Ces deux derniers
étaient des ligueurs fort connus dans la ville, ils
discutaient vivement avec le sieur de Thiel qui,
suivi de quelques amis, était descendu sous la
bascule et y avait placé sept hommes de façon à
empêcher qu'on ne la levât, tandis que d'autres,
également apostés par lui, restaient près du tapecul
pour tenir les chaînes; enfin aux abords de la porte
un peu plus bas dans la rue, stationnait un groupe
d'arquebusiers parmi lesquels étaient Pierre Brissot
et Philippe Méthelet. Sur un signe furtif du sieur
de Thiel, M. de Balagny, Claude Bruslé, Michel
Truyart, et les royalistes qui les accompagnaient
s'éloignent; un des arquebusiers leur dit furtivement :

— Quand sonnera le tocsin, revenez vite; allez

en attendant prévenir nos amis de la rue de Meaux,
et tous ensemble vous monterez sur le bastion qui
domine la porte; nous restons ici pour empêcher
les ligueurs d'approcher.

— Or ça, sieur de Thiel, demande Macaire avec
arrogance, que faites-vous céans, et que signi-
fient toutes ces précautions? Notre dizaine est de
garde, nous connaissons notre devoir aussi bien
que vous, vous feriez mieux de rester chez vous
que de venir inspecter nos actions ou passer la
nuit à l'hostellerie des Trois-Pots, avec tous les
ennemis des Princes !... ajouta-t-il en lançant un
regard hostile à maître Michel, qui se promenait
devant la barrière, sans paraître écouter la conversation.

— Compère, on vous a trompé, dit doucement
de Thiel, quand on écoute aux portes, on entend
mal, ou l'on entend que ce que l'on veut. Ai-je
envoyé un espion comme votre maudit Jacques
Duquesne, pour me rapporter ce que vous disiez
hier soir chez Simon Poulain le pâtissier?

— Le gouverneur approuve nos réunions, les
échevins de Paris, et les seize quarteniers désirent
que nous nous entendions pour le bien de la
Sainte-Union.

— Et nous aussi, nous ne voulons que l'ordre, la
bonne harmonie, et la fraternité entre nous; nous

voulons montrer à tous, que les bourgeois de Senlis n'ont besoin d'aucun secours étranger pour maintenir la tranquillité de la ville, aussi me suis-je opposé à l'entrée du sire de Vieux-Pont, c'est ce qui a tant irrité Jacques Duquesne; comme il venait sur nous en brandissant son mousquet d'un air furieux, il a bien fallu employer la force...

— Et pourquoi, s'il vous plaît, messire, n'aurions-nous pas une garnison de braves seigneurs et de bons soldats francs catholiques qui nous affranchiraient pour toujours de la tyrannie de ce moine renégat, cet assassin couronné, que vous appelez notre roi légitime.

— Je pense comme vous, mon brave compère, répondait de Thiel, tout en s'approchant de la barrière que Macaire et Lesueur semblaient vouloir protéger en étendant leurs mousquets ; mais souvenez-vous que nous sommes de pacifiques bourgeois exclusivement occupés des intérêts de notre commerce, les gens de guerre, argoulets, piquiers, reîtres, bousquenets, archers ou autres ne traversent pas une ville sans laisser les traces de leur passage, ce sont tous d'effrontés pillards, des maraudeurs, gens sans foi ni loi, qui se croient toujours au sac d'une ville prise d'assaut; savez-vous que les bandes de ligueurs, commandées par le duc d'Aumale, sont composées d'un ramassis de vagabonds qui ont incendié tous les châteaux, ravagé toutes les villes de Picardie, et quoi que nous pensions du roi ou des princes de Lorraine, du drapeau des Guise ou de celui des Valois, le plus prudent, à mon avis, est de nous mettre à l'abri de semblables protecteurs.

— Faites et dites tout ce que vous voudrez, grommela Lesueur, les intentions du gouverneur sont positives, et nous savons que notre seigneur l'évêque a été lui-même à Compiègne ; il nous faudra bien recevoir le sire de Vieux-Pont aujourd'hui même....

— Si tels sont les ordres du gouverneur, il n'y aura plus d'objection à faire, mais vous avez dû remarquer que le guet s'est plusieurs fois endormi dans le clocher sans sonner le tocsin, et vous ne trouverez pas mauvais qu'en bons citoyens nous veillions nous-mêmes aux portes; nous sommes ici tout prêts à vous prêter main forte au besoin.

Tandis qu'il parlait, trois hommes apparurent de l'autre côté du fossé; de Thiel reconnut aussitôt M. de Boutteville, Louis Crochet argentier du sire de Thoré et un archer de sa suite appelé Mafflé: il les avait vus à Chantilly lors de son entretien secret avec les Montmorency.

— Qui sont ceux-ci et d'où vient que l'on n'a pas sonné le tocsin? demande brusquement Nicolas Macaire. A vous parler franc, sieur de Thiel, tout cela me semble louche !

Et il se préparait à appuyer son lourd mousquet sur sa fourche, lorsque de Thiel en relevant le bout, lui dit :

— Hé bien ! compère, avez-vous perdu l'esprit, ne voyez-vous point que ce sont des gentilshommes du voisinage qui arrivent pour prendre gite en passant dans notre ville ? auriez-vous peur de trois hommes qui viennent à vous sans armes ?

Pendant ce petit débat, Martin Michel ouvre rapidement la barrière aux trois hommes qui viennent de franchir le pont, ils entrent à l'hôtel Saint-Rieul qui se trouvait tout près de la porte, traversant sans s'arrêter le groupe des arquebusiers. M. de Boutteville jette à l'oreille de Thiel ces mots : « Attention ! ils arrivent ! » De Thiel tirant furtivement un pistolet de dessous son pourpoint, le donne au seigneur qui, prétextant une grande lassitude, va s'asseoir avec les deux autres sur un des escabeaux de la salle de l'hôtel Saint-Rieul.

Les arquebusiers ligueurs regardaient avec une méfiance toujours croissante de Thiel, maître Michel et leurs amis, en échangeant quelques paroles à voix basse.

— Par le serment de l'Union et la sainte Messe ! dit Claude Stocq qui venait d'arriver avec Débonnaire et quelques autres, veillez bien, mes enfants, et soyons prêts à tout événement ; je ne sais ce que méditent les royalistes, mais j'ai dû traverser plusieurs groupes armés qui voulaient s'opposer à mon passage, à l'Apport-au-Pain et au carrefour Saint-Rieul ; c'est grâce à mon titre de quartenier que j'ai pu arriver jusqu'ici, sait-on où est le gouverneur ?

— Le long des fossés Saint-Sanctin, il va rentrer par la porte Saint-Rieul.

Cependant, comme si chacun eût pressenti que le moment décisif approchait, de nouveaux attroupements tant ligueurs que royalistes se formaient près de la porte ; l'étroite rue était encombrée d'hommes armés. Claude Stocq et les autres ligueurs s'étaient instinctivement groupés à quelque distance de ceux dont ils suspectaient les intentions. Le sieur de Thiel, entouré de royalistes, cherchait à rassurer les ligueurs.

— C'est peut-être par cette porte qu'entrera le sire de Vieux-Pont, leur disait-il ; et puisque telle est la volonté du sire gouverneur, nous serons prêts à le recevoir dignement !

Mais tout en parlant, il inspectait les hommes placés à la bascule, aux chaînes, et se rapprochait encore de la barrière ; à la porte de l'hôtel Saint-Rieul, le sire de Boutteville, près de l'argentier et du sergent Mafflé, semblait contempler avec indifférence cette scène d'agitation. Au moment où le sire de Rasse rentrait dans la ville avec les échevins et sa suite d'archers, le tocsin sonna du haut du clocher Notre-Dame, bientôt après la cloche du beffroi se mit en branle; la commanderie Saint-Jean leur répond.

— Voici enfin le sire de Vieux-Pont! s'écrie le gouverneur, sautant à bas de son cheval et s'élançant vers la barrière.

De Thiel répond vivement.

— Oui, c'est le sire de Vieux-Pont, ouvrons-lui; et il devance le gouverneur auquel il barre le le passage.

— Par le cierge pascal! arrêtez! arrrêtez! s'écrie Claude Stocq qui s'est hissé au-dessus du rempart, ce n'est pas la troupe de la Sainte-Union! Ils n'ont pas la croix blanche au corselet ni au chapeau, je vois trois seigneurs avec des cuirasses, des casques, et toute l'armure de fer; la troupe qui les suit appartient, si je ne me trompe, aux chevau-légers du roi! Monseigneur, prenez garde, nous sommes trahis!

— Eh! eh! compère, c'est la peur qui vous trouble la vue, comment ne reconnaissez-vous pas mieux vos amis? lui crie de Thiel en riant.

— Or ça, messires, il en faut finir, dit le sire

de Rasse, tremblant de colère et d'inquiétude. Et s'adressant à un de ses archers : Nicolas ! va reconnaître si cette troupe tient pour l'Union ou pour le roi !

Le tocsin continuait à jeter ses cris d'alarme, et la troupe s'approchait au galop des chevaux.

— Il n'est plus temps de feindre ! s'écrie d'une voix forte de Thiel en ouvrant la barrière; ce seigneur n'est autre que le brave et noble sire Thoré de Montmorency qui vient prendre possession de de la ville au nom de notre seul et légitime souverain le roi Henri III, et si quelqu'un bronche, il est mort !

Trois arquebusades retentissent, et trois balles sifflent aux oreilles de Thiel, agitant en l'air son chapeau qu'il a entouré d'une écharpe blanche. Celui-ci crie : « Vive le roi ! — Trahison ! » crient à leur tour les ligueurs en apprêtant leurs mousquets.

Mais le sire de Balagny et Michel Truyart suivis de vingt arquebusiers de la rue de Meaux arrivent en courant, et répondent : « Vive le roi ! » Un ligueur nommé Quenot du haut du rempart et deux soldats de la suite du gouverneur avaient tiré sur le sieur de Thiel; les ligueurs se jetant un regard désespéré se réunissent instinctivement, s'acculent contre des tours situées près de la porte et couchent en joue la troupe de M. de Thoré qui traverse le pont de fer. « Vive le roi ! » crient encore du haut de la tour opposée, vingt autres voix. Les ligueurs en levant les yeux rencontrent vingt gueules d'arquebuses braquées sur eux. C'étaient Claude Bruslé et ses amis. Le sire de Rasse, muet et immobile d'étonnement, ne savait quel parti prendre, il ne donnait aucun ordre, et sa petite troupe, paralysée comme lui, demeurait sans bouger le mousquet au poing. Alors, M. de Boutteville qui s'était toujours tenu près de l'hôtel Saint-Rieul, s'élance vers lui en armant le pistolet que lui a donné de Thiel, et le saisissant par le bras :

— Messire ! au nom du roi, je vous arrête ! remettez-moi votre épée ! et vous autres, bas les armes !

Le gouverneur n'oppose aucune résistance, sa troupe se disperse ; les arquebusiers ligueurs, d'un commun accord, s'enfuient vers la rue du Châtel pour annoncer aux leurs que tout est perdu. M. de Thoré, avec messieurs de Vandas et d'Aubecourt, arrive à la tête du pont, et sa troupe défile après lui. Au moment où il passe, Martin Michel s'avance, et, fléchissant le genou, lui présente les clefs de la porte. Quarante cavaliers et huit piétons venaient d'entrer dans la ville.

— Est-ce-là tout ? demande Michel.

— J'ai encore trois cents soldats dans les faubourgs, mais je ne les ferai entrer qu'en cas de nécessité, répond M. de Thoré en prenant les clefs.

A ce moment un grand cri suivi de gémissements se fait entendre derrière les interlocuteurs ; un des cavaliers tombe à bas de son cheval.

— Eh bien ! La Pollye ! qu'est-ce donc là ?

Un ligueur Claude, reconnu caché sur les remparts, en a détaché de grosses pierres qu'il fait rouler sur les nouveaux arrivés, et La Pollye grièvement blessé vient de tomber : quelques arquebusades mettent fin à ce dernier essai de résistance.

— Je ne voudrais pas, continue M. de Thoré, épouvanter les bourgeois par la vue de mes gens d'armes, ni rendre leur séjour onéreux à la ville.

— Les ligueurs sont nombreux et bien armés, messire ; si vous m'en croyez, pour les intimider, il faudrait marcher contre eux sans délai et leur montrer que le gouverneur est prisonnier.

— Où sont-ils ?

— Dans la rue de l'Apport-au-Pain, devant l'hôtel de ville de la commanderie Saint-Jean ; ils doivent s'être retranchés derrière les barricades que le sire de Rasse a fait élever.

— En avant donc ! et vive le roi s'écrie M. de Thoré qui saisit d'une main le bras du gouverneur et de l'autre son épée nue. Sur votre vie! dit-il au prisonnier, ne bougez pas.

En quelques instants, le plan d'attaque est concerté entre les troupes royalistes et les fidèles arquebusiers. Suivi d'une partie de ses cavaliers, M. de Thoré ira à l'hôtel de ville en passant par la rue aux Plageards. Les Ledoux et Pierre Crochet lui serviront de guides. Simon Crochet guidera les sires de Balagny, d'Aubecourt de Vandas par la rue du Château royal et des Fromages, tandis que de Thiel, à la tête de quelques cavaliers et des autres arquebusiers, parcourra les rues en annonçant que la ville est au pouvoir du roi. A peine M. de Thoré, tenant toujours par le bras M. de Rasse prisonnier et son épée nue à la main, s'est-il engagé dans la rue aux Plageards, que des cris lamentables attirent son attention, un homme est étendu dans la rue criant: « Par les trois merlettes des Guise! mes dignes seigneurs, venez-moi en aide! » C'est Martin Débonnaire, le ligueur, qui courant pour annoncer aux siens l'arrivée des royalistes, s'est cassé la jambe en voulant franchir une barricade; un peu plus loin une troupe de ligueurs s'enfuit après avoir fait une décharge de mousqueterie qui fut infructueuse. M. de Thoré les poursuit jusqu'à l'étape au vin, à la halle, au beffroi, à l'Apport-au-Pain: mais là sont des barricades de charrettes derrière lesquelles les séditieux se fortifient et font de nouvelles décharges qui blessent quelques soldats: sur l'ordre de M. de Thoré, de Rasse cherche à les calmer, mais ils continuent à tirer; un des leurs, Martin Rigaud, est blessé par un des soldats royalistes et fait prisonnier. Cependant, la fusillade continue; les arquebusiers bourgeois et les soldats de Thoré, sans attendre d'ordre, ripostent au feu des séditieux.

— Je ne veux pas engager l'action, dit M. de Thoré à ses guides, il pourrait y avoir trop de sang répandu.

Et changeant de direction, il recule vers la rue du Châtel, après avoir fait monter des arquebubusiers et des cremaquissiers dans les greniers des maisons et le clocher Sainte-Geneviève pour débusquer les ligueurs cachés derrière les barricades. Bientôt, après quelques arquebusades, se voyant sans chef, sans direction, ils se dispersent.

Pendant ce temps-là, la troupe de messieurs de Balagny, de Vandas et d'Aubecourt s'est engagée dans la rue du Château-Royal, et l'a traversée sans résistance ainsi que celle des Fromages. Simon Crochet est blessé d'un coup de hallebarde par François Bury archer de la maréchaussée; un peu plus loin, dans la rue du Chatlérel, un groupe de ligueurs fait mine de vouloir leur barrer le passage,

Nicolas Boutré s'avance et décharge un grand coup de hallebarde dans la poitrine de M. d'Aubecourt, en criant : « Vivent les princes ! » La cuirasse de fer protége le seigneur royaliste, et Nicolas Boutré tombe frappé de plusieurs coups de pistolet ; ses compagnons épouvantés se retirent. Les deux troupes se rejoignent alors et parcourent au galop toutes les rues de Senlis en affectant de faire grand bruit, et criant : Vive le roi. Les bourgeois et artisans, rangés sur les portes ou appuyés à leurs fenêtres, agitent leurs chapeaux, en répétant : « Vive le Roi. » C'est ainsi qu'ils arrivent jusqu'au bout de la rue de Meaux, ne trouvant sur leur passage que des témoignages de sympathie. Il faut, sire, que le sieur de Thiel les avait précédés partout en criant.

— Oyez tous ! bourgeois et manans : notre gentil roi Henri vient d'arriver en ville avec 500 chevaux, quiconque sur son passage ne criera pas : vive le roi ! sera pendu sur la Halle.

Grâce à ce stratagème, tous les habitants qui n'étaient pas encore informés des événements du matin se tinrent cois : beaucoup, soumis depuis longtemps à une rude contrainte, donnaient libre cours à leurs sentiments royalistes.

— Que Dieu soit loué ! disaient des artisans, il était temps que ces chiens de ligueurs cessassent

de nous affamer, de nous retirer le travail et le
pain de chaque jour.

— Sus aux méchants politiques! murmuraient
bien bas ceux qui tenaient encore secrètement
pour la ligue.

Le sire de Thoré, voyant qu'en moins de deux
heures le calme le plus profond avait succédé au
tumulte, se rend à l'Hôtel de Ville où se trouvent
les échevins, les quarteniers, les principaux habitants, et là, il leur dit :

— Messires, je ne suis entré dans votre ville par
surprise que pour y faire renaître l'ordre, l'abon-
dance et la prospérité, et vous délivrer des horreurs
de la guerre civile qui ensanglante notre malheu-
reux pays. Rappelez-vous que mes ancêtres ont
toujours sauvegardé vos franchises et priviléges;
ne voyez donc pas en moi un ennemi, mais un
protecteur de vos droits et de votre liberté. Les
ennemis du roi, de l'ordre et de la vraie religion,
vous menacent de toute part, je viens vous secourir
de mon épée et de mon argent, car j'ai encore
cinquante mille écus que je sacrifierai pour vous ;
enfin, tant qu'il me restera une goutte de sang dans
les veines, je suis prêt à le verser pour vous!

— Vive le roi! vive Thoré! à bas les Guise!
crie le peuple.

Spontanément, on apporte l'acte de la Sainte-

Union chargé de la signature des habitants et on le jette au feu, anéantissant le souvenir d'une erreur passagère; messieurs de Thoré et de Boutteville visitent les remparts, parcourent les rues, recueillant les acclamations chaleureuses des artisans pauvres qu'ils comblent d'aumônes. Tous sont royalistes, il leur semble que le temps de la ligue n'est plus pour eux qu'un mauvais rêve. Au milieu de la joie générale, on entend encore retentir quelques arquebusades comme les derniers coups du tonnerre lointain après un orage; ce sont les chanoines de la cathédrale qui, excités par le Théologal Muldrac, protestent encore contre l'invasion des royalistes; un avis sévère transmis par le sieur Paleu met fin à cette résistance; restent encore les cordeliers qui, derrière leurs portes barricadées, se préparent à soutenir un assaut: on entend de l'extérieur un grand bruit d'armes et des voix dominant le tumulte commandent l'exercice. « Haut l'arquebuse ! — Bas l'arquebuse ! — Chargez ! — Prenez le pulvérin ! — Amorcez ! — Prenez la mèche ! — mettez la mèche au serpentin ! — Compassez la mèche ! — Soufflez la mèche et ouvrez le bassinet ! — En joue ! — Tirez. »

A une sommation impérieuse, les portes cèdent: c'était le cinquantenier ligueur Dugart qui, vêtu en moine, menait tout ce bruit; on débusqua aussi

vingt mousquetaires et vingt arquebusiers cachés
dans le couvent; après avoir fait déposer les armes
aux vrais moines et aux ligueurs déguisés, on se
rendit à la cathédrale où les chanoines, revenus à
des idées moins belliqueuses, se mirent en devoir
de chanter le *Te Deum* sur l'ordre de M. de Thoré;
mais ils se regardaient les uns les autres fort in-
terdits; enfin, le chanoine Bauvilliers, quoiqu'un
des derniers dans la hiérarchie ecclésiastique,
entonna d'une voix tremblante. Mais le *Te Deum* ne
peut être achevé pacifiquement. Tout à coup, le
tocsin retentit de nouveau. « Le sire de Vieux-
Pont est entré par la porte de Paris! » Tel est le
bruit qui court dans la foule. L'espoir renaît dans
l'ame des ligueurs encore mal convertis, les royalistes hésitent. Messieurs de Boutteville et Thoré
courent à la porte de Paris, les ennemis ne sont
pas entrés comme on l'a prétendu, car toutes les
clefs ont été remises à M. de Thoré par les échevins et les quarteniers; le sire de Vieux-Pont est
sous les murs et réclame l'entrée.

— Vous n'avez que faire céans, répond M. de
Boutteville du haut des murs; la ville s'est déclarée
pour le roi, et M. de Thoré y a été reçu comme
gouverneur :

Comme cette affirmation ne paraissait pas con-
vaincre le sire de Vieux-Pont, on l'appuya de

quelques coups de fauconneau, qui décidèrent sa troupe à faire volte-face et à chercher une meilleure réception à Crespy. A la fin de la journée, messieurs de Boutteville et Thoré allèrent s'installer au prieuré Saint-Maurice, proche le château; le sire de Rasse fut gracié et renvoyé chez lui avec l'injonction de ne plus remuer.

Le lendemain, le sire de Balagny avait rempli sa promesse, car il rentrait par la porte Bellon accomgné de cent gentilshommes volontaires, parmi lesquels messieurs d'Atumières, Fontenay, Mareuil, de Gondy, Desmarets, Saint-Just, Belle-Eglise, Sainte-Geneviève, Blondel, le capitaine Beauregard, qui sont accueillis avec enthousiasme parce que chacun voit que le danger est imminent et terrible.

— Nous voici donc enfin à ce fameux siége! dit le Parisien qui avait jusqu'alors écouté avec la plus inaltérable patience ce long récit. Il faut avouer que l'amour du pays vous a rendu bien prolixe.

L'habitant de Senlis qui, assis avec son ami le Parisien sur un des bancs du rempart de Villevert lui faisait les honneurs de sa ville natale, répondit aussitôt :

— Vous excuserez le sentiment qui me porte à faire revivre par la pensée ces pauvres et obcurs compatriotes, ces héros ignorés qui ont joué un si noble rôle dans les terribles guerres civiles du XVIe siècle. Arracher leur nom à l'oubli, c'est payer un tribut de reconnaissance à leur mémoire; d'ailleurs ce qui me reste à vous dire appartient à l'histoire, et je n'aurai qu'à vous lire ce qui est consigné dans nos archives.

— Je vous en saurai gré, car l'archéologie ne m'intéresse pas moins que l'histoire, et vous m'avez promis de me montrer en détail toutes les antiquités de la ville.

— Laissez-moi d'abord enterrer mon siége !

— Nous en étions à l'arrivée de nos cent gentilshommes qui sont reçus avec enthousiasme....

— D'autant plus que le lendemain, le canon grondait dans le faubourg Saint-Martin; l'avant garde du duc d'Aumale commandée par les sires de Congy et de Mainneville s'était établie devant les remparts, et à la faveur des maisons du faubourg qui les protégeaient, les soldats de la ligue arrivaient presqu'au pied des murs d'où ils faisaient un feu meurtrier pour les arquebusiers de la ville. Ils s'étaient aussi logés dans les clochers Saint-Martin, Saint-Remi, et Saint-Esterme, d'où ils dominaient les remparts; ils détournèrent le cours de la Nonette, empêchant ainsi le travail des moulins; les habitants furent obligés de broyer le blé dans des mortiers. Toute la population travaillait

sans relâche à réparer les côtés faibles des remparts, à combler les portes de Paris, de Bellon et
de Meaux.

Le 29 avril, à la vue des assiégeants, les sieurs
d'Ognon et Dumont se jettent hardiment dans la
ville suivis de cinquante cuirassiers et vingt arquebusiers apportant cinq caques de poudre et de
sable. L'artillerie de la ville répond au feu des
ennemis. Jacques d'Athié que nous avons vu figurer
parmi les hôtes de Martin Michel est chargé, faute
de canonniers, de servir un fauconneau qui crève
et le tue; de Thiel et Germain sont chargés par
M. de Thoré de commander dans la ville, la nuit
du 2 mai; on voit de grands feux du côté de Chantilly, c'est un signal de madame de Thoré annonçant l'approche de nouveaux ennemis; en effet, le
lendemain matin, arrive le duc d'Aumale qui in-
vestit toute la place, établit ses batteries au-dessus
de Bellefontaine, et, vers la porte de Paris, un gros
canon et une longue coulevrine placés au faubourg
des Reines battent en brèche la courtine du rempart, depuis la porte de Creil jusqu'à celle de Paris.
Le 3, messieurs de Sinerpont et d'Armentières,
passant devant le front des troupes du duc d'Aumale, entrent encore dans la place avec deux
compagnies de quatre-vingts hommes munis chacun d'un sac de poudre.

» Le siége se prolongea ainsi treize jours, pendant lesquels les habitants et les auxiliaires étrangers se défendirent avec héroïsme, messieurs de Thoré et Boutteville étaient partout à la fois. De Thiel, envoyé au ravelin de la porte de Meaux avec ses fidèles arquebusiers, y fait merveille; le sire de Balagny et ses amis sont sur le rempart répondant activement au feu de l'ennemi; cependant, à chaque heure du jour, un convoi funèbre rapportait des morts et des blessés dans la ville; il fallait songer à ralentir le feu; les munitions allaient manquer. Quatre mille hommes de vieilles troupes, sept gros canons, et trois mille cinq cents boulets sont arrivés au camp des assiégeants. La crainte de la famine se faisait sentir. M. de Thoré ne peut soutenir davantage le courage des habitants, beaucoup murmurent et parlent de capituler; sur neuf fauconneaux, sept ont éclaté.. »

— Comment ! ces fauconneaux, dont Maître Bruslé était si fier ! interrompit le Parisien.

— Hélas! il n'y avait plus rien à espérer des secours humains, on songea à l'assistance divine, et l'on descendit la châsse Saint-Rieul qui fut portée en procession pendant trois jours dans la ville.

— Qu'est-ce que cette châsse?

— Je vais vous le dire; mais pour satisfaire

votre désir de la façon la plus complète, nous allons refaire ensemble la procession, en nous arrêtant à tous les monuments qui peuvent vous intéresser et qui ont été le théâtre des événements que je vous raconte.

Les deux amis se levèrent et s'acheminèrent le long des remparts.

CHAPITRE III.

Ils s'arrêtèrent bientôt en face d'une large rue,
débouchant sur les promenades.

— Voici l'église Saint-Rieul, dit l'habitant de
Senlis.

— Comment fait-on pour la voir?

— Hélas! on est réduit à se la représenter telle
qu'elle devait être par un effort d'imagination, car
elle a été complètement détruite!

— Très-bien, vous faites mieux encore, en appe-
lant ceci l'église Saint-Rieul, que prendre la partie
pour le tout, puisqu'ici il n'y a rien : ceci me rap-
pelle qu'à Dammartin, on m'engagea vivement à
diriger ma promenade vers le château. Tout affrian-
dé par l'espoir d'une belle construction moyen-
âge, je cherche partout le château : pas plus de

château que sur la main, les habitants appellent ainsi une partie des promenades, sous prétexte que c'est l'emplacement du château des fameux Chabanne; j'espère que vous avez d'autres monuments à m'offrir.

— Un peu de patience! Commençons déjà par celui-ci tel qu'il est, car c'est de là que part notre procession. La collégiale Saint-Rieul était le plus ancien établissement de tout le pays; c'était, prétendent quelques auteurs, un temple de Mercure où les habitants de Senlis adoraient les idoles. Le saint les brisa et dédia le temple à saint Pierre et saint Paul, mais il paraît certain que ce fut en réalité une simple chapelle élevée, dans l'origine, sur l'emplacement du tombeau de Saint-Rieul, au nord, au-delà de l'enceinte de la cité romaine. Clovis fit mettre dans une châsse les restes du saint et bâtir une église au lieu de sa chapelle : plus tard, lors de l'érection de la cathédrale, une partie du clergé se retira dans la ville avec l'évêque, tandis que le reste demeura pour conserver les reliques. En effet, les premiers évêques étaient ensevelis à Saint-Rieul, et la collégiale posséda, jusqu'au XIIIe siècle, les mêmes priviléges que le chapitre de la cathédrale; il y avait quinze chanoines nommés par l'évêque qui élisaient un doyen et un chantre. Le chapitre de Saint-Rieul exerçait la basse et myoenne

justice à Villevert. Le monument lui-même était
un des plus curieux de France. Le roi Robert
l'avait fait rebâtir en 1028, après un incendie, en
conservant une travée qui datait du temps de
Clovis. Au treizième siècle on l'agrandit. Dans les
circonstances solennelles, pour implorer l'assistance divine, ou remercier Dieu d'un bienfait
signalé, la châsse qui contenait les reliques du Saint
était solennellement portée en procession par le
clergé : en 1323, procession à cause de la peste, et
le mal cesse ; en 1392, la châsse est conduite à
Chaumont pour demander la guérison de Charles
VI ; en 1413, pour implorer le secours divin contre
les Bourguignons qui assiégeaient la ville ; en 1429,
à cause des Anglais ; en 1499, à cause de la peste ;
en 1510, pour faire cesser une épidémie meur-
trière ; en 1513 et 1529, pour l'obtention de la
paix ; en 1545 et 1554, pour obtenir la cessation
des épidémies ; en 1568, pour le maintien de la foi
contre les huguenots ; enfin, en 1589, à l'époque
du siége qui nous occupe, figurez-vous l'église
toute tendue de tapisseries fournies par M. de
Thoré, qui les a fait venir du château de Chantilly,
et un dais de damas blanc pendant du haut de la
voûte pour couvrir la châsse. Ce dais avait été
fourni, ainsi que les luminaires, par les habitants,
et préparé par les soins des échevins ; « car, il était

raisonnable, disent les archives du chapitre, que comme ce grand Saint a donné la lumière de la foi au peuple de Senlis, ainsi la ville lui offre la lumière matérielle. » Les vingt-cinq chanoines de Notre-Dame, ceux de Saint-Frambourg arrivent revêtus de leurs chapes ; après eux, l'abbé de Saint-Vincent et son clergé vêtus de robes blanches doublées de rouge, et de capuchons rouges en mémoire du martyre de leur Saint, le clergé de Sainte-Geneviève, de Saint-Aignan, de Saint-Pierre, le prieur des Cordeliers, celui de Saint-Maurice avec treize chanoines. Tous se rangent dans le chœur; après le clergé se placent messieurs de Thoré, de Boutteville, toute la noblesse, les échevins, et une grande multitude de peuple qui encombre les nefs et se presse aux portes. Alors, les chanoines de Saint-Rieul entonnent le *Magnificat :* puis le doyen, le chantre et quatre chanoines apportent solennellement la châsse de la chapelle où elle était, et la posent sur une table disposée à cet effet près des marches du maître-autel, au-dessous du dais préparé par les échevins. A l'instant, les orgues résonnent sous les voûtes, les cloches s'ébranlent, enfin on sort de l'église en conservant le même ordre : chacun suivait tête nue, tenant un cierge allumé à la main et unissant sa voix à celle du clergé qui chante le répons *Sancte Regule*, à tous les carrefours et devant tous les édifices; il y avait des tables préparées pour revoir la châsse.

— Eh bien! puisque l'on sort de l'église, sortons-en aussi pour suivre la procession, dit le Parisien, d'autant plus qu'il n'y a plus de voûtes pour nous protéger de l'ardeur du soleil ni de vitraux pour en tamiser la lumière. Conduisez-moi à la première station, et, chemin faisant, parlez-moi, je vous prie, de saint Rieul lui-même; je n'ai pas voulu vous interrompre, mais je vous ferai observer que vous auriez dû commencer par-là.

— Allons donc! mécréant, vous ne connaissez pas saint Rieul?

— Je connais la légende des grenouilles de Rully qu'il fit taire; celle de la fontaine que l'on montre au nord de Senlis, qu'il fit jaillir en frappant la terre du pied; je sais aussi que sous le gouvernement de Modestus, au commencement du Ve siècle, les cerfs et les chevreuils venaient en procession avec le peuple, au jour de sa fête, et entraient dans l'église pour entendre la messe sans que personne les pût empêcher; j'ai entendu parler de tout cela et de bien d'autres traditions, naïfs et touchants témoignages de la foi de vos ancêtres, mais je vous demande son histoire authentique.

— Hélas! son origine est environnée d'obscu-

rité, les actes du Xe siècle en font un des compagnons de saint Denis, mais d'autres auteurs font
coïncider son épiscopat avec la conversion de
l'empereur Constantin; quoi qu'il en soit, je vais
vous dire tout ce que je sais de lui. Selon le recueil
de Ribadeneira , saint Rieul serait natif d'Argive
près d'Athènes. Né de parents païens, il aurait été
converti par saint Jean l'Evangéliste, serait venu
dans les Gaules avec les saints Denis, Rustique et
Eleuthère. A Arles, il aurait fait plusieurs conver-
sions miraculeuses, et aurait même été constitué
évêque de cette ville par saint Denis, qui partit
avec ses compagnons pour Paris. Suivant l'hypo-
thèse la plus vraisemblable, il y aurait confusion,
et tous ces faits devraient être attribués à un autre
saint évêque d'Arles. Le reste de la tradition semble mieux devoir s'appliquer au patron de notre
ville. Après avoir séjourné à Paris, il s'achemina
vers Senlis, dont les habitants étaient idolâtres·
Quelques personnes croyaient cependant en Dieu,
mais on les retenait en prison ; s'étant mis en
chemin, il arriva à Louvres en Parisis; il y avait
là une idole de Mercure que l'on adorait comme une
divinité. Voulant montrer la puissance de Jésus-
Christ, il toucha l'idole de son bâton en prononçant
son nom sacré, et l'idole, tombant à terre, se rédui-
sit en poussière, à la vue de tout le peuple qu'il

convertit et baptisa. Une dame du nom de Cilice
l'alla trouver, elle avait un fils qui était possédé et
furieusement tourmenté du démon. Elle lui dit son
affection et le supplia de se transporter à Senlis,
où elle habitait, et d'avoir compassion de son fils. A
ces paroles, elle jeta une quantité de larmes, et
comme oppressée de tristesse, elle demeura sans
parler. La piété et la charité de notre grand Saint
l'engagèrent à avoir pitié de la pauvre dame. Il
lui promit d'y aller, et, en même temps, prenant
congé du peuple, il s'y achemina ; mais elle, qui s'en
était promptement retournée, revint au-devant
de lui avec son misérable fils qu'elle lui présenta.
Le diable ne pouvant souffrir les regards ni la
présence de saint Rieul entraînait ce garçon de
côté et d'autre, lui faisant faire des grimaces
effroyables. Aussitôt, saint Rieul, l'ayant aigre-
ment repris de ce qu'il tourmentait ainsi la créature de Dieu, fit approcher ce pauvre possédé, et
ensuite lui mettant les mains sur la tête, il récita
l'oraison Dominicale et le symbole des Apôtres.
Cela donna une telle épouvante au diable, qu'il
quitta promptement cette pauvre créature ; mais
de rage, il s'en voulut venger contre le Saint, se
voulant emparer du corps d'un âne qu'il menait
avec lui pour le soulager, lorsqu'il se trouvait las
de cheminer. Mais cet animal, comme s'il eût eu

quelque jugement ou quelque instinct divin comme l'âne de Balaam, fit le signe de la croix en terre avec le pied, et se mit à braire plus fort que de coutume, de sorte que le diable fut contraint de se retirer honteusement[1]. Un signe si manifeste de la puissance divine éclaira une partie de la foule qui réclama le baptême; mais les prêtres idolâtres allèrent rapporter à Quintilien, prévôt de la cité, tout ce qui se passait, et qu'il y allait de l'honneur et de l'intérêt de leurs dieux.

» Quintilien commanda aussitôt de préparer des victimes pour les offrir aux dieux, afin de contraindre notre Saint à sacrifier dès le lendemain à la pointe du jour. La bonne Cilice lui ayant préparé un logement dans la ville, il s'y dirigeait lorsqu'il apprit qu'il y a dans les prisons des chrétiens captifs. Leurs gémissements et leurs prières arrivent jusqu'à lui, ils affirment qu'ils sont détenus à cause de leur foi. « Il n'est pas juste, s'écrie le Saint, que ceux que Dieu tout-puissant a délivrés des liens des démons, soient liés et détenus pour ce sujet par les liens des hommes ! « Et ce disant, il frappe de son bâton la porte de la prison qui s'ouvre à l'instant, et les chaînes des prisonniers s'étant rompues, il leur commande de sortir et de

---

[1] Ribadeneira.

le suivre. Le geôlier en fait immédiatement son
rapport à Quintilien qui veut faire saisir le Saint;
il est retenu par sa femme; or, tandis que le Saint
passait la nuit en prières et oraisons pour le peuple
nouvellement converti, saint Denis et ses compagnons apparaissent à Quintilien et lui dirent:
« Jésus-Christ dont, par une humble et fidèle
profession nous nous confessons serviteurs, nous
envoie vers toi t'avertir que tu aies à quitter le
culte des démons et à embrasser la foi et la religion chrétienne. Ne manque donc pas demain,
de grand matin, de rechercher notre frère Rieul,
et lui demande pardon de la mauvaise volonté que
tu as eue contre lui. Renonçant à tes faux dieux,
promets-lui fidélité, faisant sans aucune contra-
diction tout ce qu'il te dira, car telle est la volonté
de Dieu. » Frappé de la grâce divine, Quintilien
raconte à sa femme ce qui vient de lui arriver et
promet d'obéir à l'injonction des martyrs. Saint
Rieul va au temple où les idoles se brisent à l'invo-
cation du nom de Jésus. Il faut que j'ouvre ici une
parenthèse pour vous dire que ce temple était bâti
sur l'emplacement de la cathédrale actuelle, et qu'il
était tenu en grande vénération par les sylvanistes,
à cause de son admirable structure et des richesses
qu'il renfermait. Or, Quintilien s'y rendit de son
côté avec sa famille, tandis que le Saint prêchait le

peuple; il l'écouta avec admiration et se prosterna devant lui, en abjurant les faux dieux et proclamant Jésus-Christ. Saint Rieul était déjà depuis quelque temps évêque de la ville, tout le peuple s'était converti. Un jour, il l'assembla et délibéra de les mener hors de la ville à quelque demi-lieue de là, sur un double chemin tirant vers Compiègne, et d'y faire une prédication, afin d'attirer plus de monde tant de la ville que des villages circonvoisins, n'y ayant pas de lieu assez grand. Comme il était en compagnie avec les premiers de la ville qui l'entretenaient attendant que le peuple fût assemblé, et qu'il parlait de la beauté et de la commodité de ce lieu qui était grandement passant, ils dirent qu'on n'y pourrait rien désirer davantage s'il y avait une fontaine, ce qui serait grande commodité tant pour ceux de la ville que pour les autres passants; et là-dessus, ils prirent sujet de le supplier d'implorer de la bonté de Dieu cette faveur par ses prières. Saint Rieul voyant la grande foi de ce peuple et se confiant en la miséricorde de Dieu qui même oblige ses serviteurs de lui demander ses grâces et ses faveurs, les assurant qu'il ne les refusera pas : *Petite et accipietis,* leur ordonna de se mettre tous en prières avec lui, afin que leurs prières jointes aux siennes eussent plus de force. Chose admirable, au même lieu où tombaient les larmes du saint évêque qui était en oraison, il sortit une eau cristalline merveilleusement agréable à l'œil et à la bouche, qui commença à couler en présence de ce peuple. Imaginez-vous l'admiration et le contentement qu'ils eurent en considérant la puissance et la bonté de Dieu, et le redoublement de leurs prières et actions de grâces pour une si grande faveur. Cette fontaine a toujours coulé depuis, on l'appelle fontaine Saint-Rieul, et tous les ans, il s'y fait une procession générale, le premier jour des Rogations, en mémoire de ce miracle[1]. »

— Ce n'est donc pas avec son pied qu'il fit jaillir la source? demanda le Parisien.

— Vous confondez, mon ami; on montre en effet à Montlevêque l'empreinte de son pied dans la pierre au fond d'une source claire et limpide, mais ce n'est là qu'une tradition populaire qui n'a pas la même authenticité que l'histoire de la fontaine Saint-Rieul, que je viens de vous rapporter d'après la légende.

— Et les grenouilles ?

— Nous y voilà; je cite encore textuellement la légende. « Comme il faisait sa visite au village de Belly et une exhortation dans l'église, où il expli-

---

[1] Ribadeneira.

quait les commandements de Dieu, les chrétiens s'y trouvèrent en si grande affluence que l'église n'étant pas capable de contenir tout ce peuple, le saint évêque fit porter sa chaire, par l'avis des assistants, hors l'église en une petite vallée. Or, il y avait là dans un lac quantité de grenouilles, de sorte que la longueur de l'exhortation et de la prédication du saint évêque l'ayant retenu fort tard, ces grenouilles commencèrent à faire un tel bruit, que l'on ne pouvait aucunement entendre ce qu'il disait; et tout le peuple en étant fort incommodé, témoignait avoir un grand ressentiment de perdre le fruit de sa prédication, ce que saint Rieul ne reconnaissant que trop bien, il leva les mains et les yeux au ciel, puis s'adressant à ces animaux leur commanda de se taire et de garder un perpétuel silence. Chose admirable! ces animaux sans raison obéirent à la raison, se taisant tout court sans que depuis on les ait entendus. Ceci est à la confusion de plusieurs faux chrétiens qui non contents de mépriser et de ne vouloir pas entendre les prédications, en éloignent aussi les autres[1]. Maintenant, nous voici à l'une des stations où l'on avait préparé une table pour recevoir la châsse, nous voici en face du château royal.

[1] Ribadeneira.

— Jusqu'à présent, il ne me paraît pas plus apparent que l'église Saint-Rieul.

— Mauvais plaisant ! demandez et vous recevrez, frappez et l'on vous ouvrira, ce qui veut dire, sonnez à la porte qui est devant vous, car tout ce que j'ai à vous montrer se trouve enclavé dans le jardin d'un propriétaire assez obligeant pour nous permettre de visiter ses richesses archéologiques. J'appellerai d'abord votre attention, continua l'habitant de Senlis, quand ils furent entrés, sur ces vestiges de l'ancien mur romain, et cette tour qui en faisait partie.

— Vous ne m'aviez pas encore dit que ce fut une ville romaine.

— Il faut donc tout vous dire ; quand je vous ai parlé de Saint-Rieul et de Quintilien, n'avez-vous pas pu deviner que ces faits étaient antérieurs à la monarchie franque, et que, puisque la ville existait, elle était nécessairement...

— Gallo-romaine, je l'avoue, continuez.

— Il faut donc reprendre les choses d'un peu plus haut. Senlis est considérée comme la capitale des Silvanectes, fraction des Bellovaci, peut-être des Suessiones. Les Romains y établirent un chef militaire désigné sous le titre de préfet. Les Francs s'en étant emparés, la ville fit partie du royaume de Clovis (qui voulut absolument avoir une dent de saint Rieul), après lui de celui de Childebert. Elle resta sous le domaine de la couronne sous la première race et une partie de la seconde. Mais lors de l'affaiblissement des successeurs de Charlemagne, les comtés qui, jusqu'alors provinces du royaume, étaient régies par des gouverneurs révocables, s'érigèrent en fiefs indépendants, et les gouverneurs usurpèrent le territoire confié à leur garde et le transmirent comme un patrimoine à leurs enfants. Cette usurpation plus ou moins sanctionnée par la prescription, et par l'impuissance des souverains, fut l'origine de la féodalité. C'est en 879 que le comté de Senlis fut distrait de la couronne, gouverné par divers comtes, et réuni de nouveau au royaume à l'avènement de Hugues Capet. Pendant le règne de ses descendants, une nouvelle famille, probablement sous l'autorité royale régit le comté et en prit le nom. Plusieurs Guy de Senlis se succédèrent, et comme la charge de grand *bouteillier* fut presque héréditaire chez eux, le surnom qui leur en fut donné devint par la suite un nom de famille. Cette famille s'éteignit en 1669 par le mariage de Marie Bouteillier avec le marquis de Rothelin.

— Nous voici bien loin des Romains.

— J'y reviens. L'enceinte romaine dont vous voyez les traces décrivait un ovale entre les rues

du Puits Riphaine, du Chat Héret, des Flageards,
des Lombards de l'Apport-au-Pain et de la rue aux
Fromages. Des constructions s'élevèrent sous Childebert, à l'abri de ces murs et la ville s'agrandit
beaucoup. On croit qu'il construisit aussi la seconde
enceinte. Les fortifications furent complétées par
Philippe-Auguste, et l'on y travailla sans discon-
tinuer pendant les trois siècles suivants. L'ovale de
l'enceinte romaine était limité par une série de
lignes brisées, dont les angles étaient garnis de
tours espacées d'environ quatre-vingts pieds. Vous
voyez ici un fragment du mur et une tour parfai-
tement conservée. Ce mur est épais de quatre
mètres, et haut de sept à huit en plusieurs points.
Vous reconnaissez sans doute dans le revêtement
l'*opus reticulatum* assez irrégulier, parce que les
pierres sont de diverses dimensions. Il reste encore
seize tours aussi bien conservées que celle-ci. Elles
s'avançaient en hémicycle en dehors du mur,
carrément en dedans de l'enceinte. Elles sont
pleines jusqu'au niveau du mur, au-delà il y a une
chambre percée de trois fenêtres, l'une en face, les
autres donnant sur le chemin de ronde du rempart.
Voici les ruines du prétoire ou logement du gouverneur romain; il n'en reste plus que le rez de
chaussée et quelques pans de mur: le tout est
revêtu de petit appareil avec des cordons de bri-

ques et des arcades figurées en plein cintre à claveaux séparés par des briques en zig-zag. A l'ouest de ce fort, voici maintenant ce qui reste du château royal qui était de même que le fort adossé au mur romain, voici les ruines de la chapelle Saint-Denis fondée au commencement du XIIe siècle par Louis-le-Gros; voyez ces colonnes groupées engagées dans les murs à chapiteaux sculptés représentant des feuillages et soutenant des arcs en plein cintre qu'entoure une dentelure, au-dessus; voici une grande rose encadrant une fenêtre romane. Le château lui-même reposait sur des arcades à ogives; mais si vous voulez, nous monterons au premier étage par cet escalier orné d'une balustre sculptée après avoir franchi cette porte dont l'ornementation trahit le style du quatorzième siècle ; nous entrons dans une vaste chambre qui était jadis peinte à fond bleu parsemée de fleurs de lis comme vous pouvez le voir d'après les quelques vestiges qui se retrouvent çà et là sur les murs; sur la cheminée il y avait un H avec un croissant et trois fleurs de lis....

— Henri II et Diane de Poitiers sans doute, le croissant devait être à cette époque de la renaissance où la mythologie jouait un si grand rôle, une allusion...

—C'est fort possible; en tout cas, examinez cette grande cheminée à piliers engagés et surmontés de chapiteaux, elle doit être du XV° siècle.

— Ou plus moderne, je remarque d'ailleurs qu'il y a ici un peu de tous les styles, un échantillon du goût de toutes les époques.

— Ceci est facile à comprendre, car nos rois semblent avoir tous eu de la prédilection pour cette résidence qui a été agrandie, restaurée, embellie selon leurs besoins et le goût de leur époque. Cè fut pendant quelque temps le siége du présidial, et, en 1780 seulement, on transféra l'exercice de la justice à l'hôtel de ville, à cause de l'état de délabrement du palais. Cette translation était des mieux motivées, car la salle d'audience s'écroula bientôt après. Asseyons-nous un instant sous le manteau de cette immense cheminée, et laissez-moi recueillir mes souvenirs. Je vais vous raconter tout ce qu'ils me fourniront sur les événements dont ce palais fut le théâtre. Charlemagne y résida en 795; en 830, Pépin d'Aquitaine s'empara de Senlis et de Verberie. Charles-le-Chauve y délivra, en 861 et 863, des diplômes concernant diverses abbayes; il y reçut sa fille Judith, reine d'Angleterre, devenue veuve; elle se fixa dans cette résidence, mais Baudoin de Flandre s'en empara quelque temps après. Il y eut, à la même époque, une assemblée géné-

rale des grands du royaume pour délibérer sur les
moyens de résister aux incursions des Normands,
Charles y fit enfermer son frère Pépin d'Aquitaine
qui s'était révolté contre lui et avait été livré par
les siens; il fut rasé et renfermé étroitement. C'est
sous les murs du château, qu'en 866, le même roi
fit trancher la tête de son cousin rebelle, le fils
du duc d'Orléans; il dota de plusieurs diplômes
ce château, et y fit emprisonner l'évêque de Laon;
il y eut en 873 un concile national pour faire dé-
grader du diaconat le prince Carloman qui eut les
yeux crevés et fut condamné à une prison perpé-
tuelle, à Corbie. Les rois Eudes et Louis-le-Bègue
y délivrèrent aussi des chartes. Louis d'Outremer
assisté du roi de Germanie assiégea Senlis, en
946, pour reprendre le jeune duc de Normandie,
Richard, que son oncle Bernard y détenait captif.
Hugues-Capet avait une affection particulière pour
ce château; il y délivra plusieurs diplômes, con-
firma des priviléges d'abbayes, et y emprisonna
Charles duc de Lorraine, qui avait pillé le diocèse
de Laon et attenté à la liberté de l'évêque Adalbé-
ron. Le roi Robert y résida aussi en 1005; en 1027,
il y tint une assemblée ou cour plénière. En 1033,
la ville entra dans la conspiration de la reine Cons-
tance, qui voulait assurer la couronne à son fils
Robert, au détriment de Henri Ier; celui-ci s'em-

para de la ville. Il y résida souvent, ainsi que Philippe Ier qui y délivra plusieurs chartes concernant les monastères. Louis-le-Gros data du palais de Senlis un nombre considérable de chartes, c'est à lui que l'on doit la chapelle Saint-Denis, dont je vous ai montré les ruines. Il y convoqua, en 1132, un parlement pour recevoir les plaintes des Laonnais contre leur seigneur. Louis VII y habita longtemps, ainsi que Philippe-Auguste qui y renvoya sa femme Isabelle de Hainaut après l'avoir répudiée; mais elle se retira à Saint-Vincent que je vous montrerai plus tard; en tout cas, cette princesse fut soutenue dans son malheur par les charitables exhortations de l'évêque Henri, et le roi repentant vint un jour, de son propre mouvement, la reprendre et l'emmena en croupe sur son cheval. Saint Louis y fonda le prieuré de Saint-Maurice qui tenait au château, pour recevoir les reliques des martyrs de la légion thébaine, que le roi avait obtenues de l'abbaye d'Agaune : il y installa une communauté de treize chanoines, et l'église fut consacrée en 1264; on lui donna les revenus de l'ancienne chapelle Saint-Denis, et des terres dans les environs de Senlis. Philippe-le-Hardi et Philippe-le-Bel firent aussi plusieurs concessions à ce prieuré. Amé, comte de Savoie, lui envoya, en 1376, un fragment du bras de saint Maurice. Les armes du prieuré étaient d'azur à trois fleurs de lis d'or au chef d'argent, au léopard issant de gueules. Saint Louis résida plusieurs fois au château ainsi que Louis-le-Hutin, Philippe V et Philippe de Valois qui y ont rendu diverses ordonnances. Charles V assigna le palais de Senlis pour l'état et gouvernement des enfants de France. Charles VI y rendit une ordonnance et trouva, dit la chronique, dans la forêt de Halatte, un cerf portant un collier de cuivre doré avec cette inscription : *Hoc Cæsar mihi donavit;* le bois de ce cerf fut placé dans la grande salle du château.

— Comment ! un cerf contemporain de César ! s'écria le Parisien.

— De César ou de tout autre empereur romain, mais le fait n'en serait pas moins extraordinaire; en tout cas, je dois ajouter que, d'après plusieurs auteurs, ce cerf n'aurait été vu qu'en songe !

— Fort bien, ceci me tranquillise, d'autant plus que ce pauvre Charles VI était sujet aux hallucinations.

— Passons donc à ses successeurs. Sous Charles VII, lors de la grande invasion anglaise, les habitants de Senlis reconnurent l'autorité royale, et le roi vint y habiter et y installer une garnison de quarante hommes d'armes et cent de trait ; il fit travailler aux fortifications qui, sous Louis XI, devinrent l'objet de nouveaux soins; alors, on rétablit les fossés ; le roi y signa la trève avec le duc de Bourgogne et confisqua les oiseaux mal appris qui l'offusquaient en répétant : « Péronne ! Péronne ! » Charles VIII y conclut un traité de paix avec Maximilien Ier, roi des Romains. Louis XII y fit son entrée en 1498 et fut content de l'accueil des habitants, il leur octroya des droits considérables. François Ier, Henri II y logèrent aussi et firent travailler aux fortifications [1] ; sous Charles IX arrivent les guerres de religion ; je vous ai déjà dit que les Senlisiens eurent horreur du massacre de la Sainte-Barthélémy et firent évader leurs concitoyens huguenots ; cependant, plusieurs exécutions sanglantes affligèrent la population, en 1562 et 1563 ; nous sommes arrivés au temps de la ligue, je vous dirai une autre fois ce qui eut lieu depuis.

— Maintenant, hâtons-nous de rejoindre la procession : elle doit être déjà loin.

Les deux amis, quittant alors la rue du Chat-Héret, prirent celle du Puits-Riphaine, parcoururent l'ancienne enceinte dont ils reconnurent quelques vestiges épars, et se trouvèrent bientôt sur la place de la Halle.

— La procession s'arrête ici, dit l'habitant de Senlis ; faisons comme elle ; on vient de poser la

---

[1] Notice archéologique de M. Graves.

châsse sur une table couverte de draperies et de flambeaux; toute l'assistance s'agenouille, tandis que les chanoines entonnent le *Sancte Regule*. Pendant ce temps-là, allons à l'hôtel de ville sur le carrefour de l'Apport-au-Pain; voyez cet escalier en spirale, enfermé dans une tour en polygone. Les fenêtres sont à meneaux et moulures prismatiques; l'édifice a été reconstruit en 1495; sur le fronton, vous pouvez remarquer le buste d'Henri IV et au-dessous cette inscription, extraite de la charte que ce roi octroya en 1590: *Mon heur a pris son commencement en la ville de Senlis, dont il s'est depuis semé et augmenté par tout notre royaume.* Voici, sur la place, le lieu qu'occupait jadis le beffroi et tout au bout, à l'emplacement d'une auberge, l'ancienne commanderie Saint-Jean, dont je vous ai parlé et qui servit de prison au bailli d'Humerolles. Il n'en reste absolument rien que cet écusson scellé dans le mur au-dessus de la porte, et dont la conservation est due au bon goût de l'entrepreneur chargé de réparer la maison. Descendons maintenant la rue Sainte-Geneviève qui doit son nom à l'ancienne paroisse qui fut bénie en 1486, et restaurée en 1575; on y voyait de belles verrières; il ne reste plus rien de cette église, mais je vous prie de venir jusqu'au numéro 6 de la même rue: c'est un des plus remarquables échantillons de l'architecture civile du seizième siècle ; vous remarquerez qu'elle est construite en brique avec des cordons de pierre. Les fenêtres qui restent au premier, car plusieurs sont refaites à la moderne, sont allongées par le haut et entourées de deux petits tores cylindriques et un filet ; le fronton est curviligne et orné de pampre.

— Mais je vois des gargouilles au-dessous du toit.

— Précisément, trois griffons ; maintenant voyez, à l'angle de la rue aux Bergères, ce fût supportant jadis une statue et surmonté d'un dais fort endommagé ; mais entrons dans la maison, examinez cet escalier en spirale dans une tour hexagone, ces petites fenêtres carrées, cette porte à arc surbaissé, ces moulures entourées de pampre comme sur les fenêtres de la façade, ces vantaux sculptés. Ce qu'il y a de plus curieux peut-être, ce sont les caves voûtées qui s'étendent fort loin : nous pouvons aller les voir dans la maison située en face ; nous y voici : remarquez ces colonnes romanes à fût court ornées de chapiteaux à feuillage byzantin, supportant des arcs en plein cintre.

— Ceci n'a-t-il jamais été autre chose qu'une cave ? ne serait-ce pas une ancienne crypte ?

— Peut-être ; je l'ignore ; mais si vous avez le temps à votre prochain voyage, nous réclamerons

de l'obligeance du propriétaire les titres qu'il doit
posséder.

— A plus tard donc, mais que devient la procession pendant ce temps-là ?

— Elle va sans doute à Saint-Vincent, s'arrêtant,
comme je vous l'ai dit, à tous les établissements religieux et sur toutes les places. Si vous voulez m'en
croire, nous allons visiter tout ce qui est curieux à
voir, sans plus nous occuper de l'itinéraire de la
châsse Saint-Rieul : tout ce que je puis vous dire,
c'est qu'elle fut promenée pendant trois jours, que
les cloches sonnèrent, que les chanoines chantèrent
matines, tandis que l'ennemi foudroyait la ville ;
je vous raconterai la fin du siége, lorsque nous
aurons terminé notre tournée. Parmi les sept
anciennes paroisses et les couvents de la ville,
Saint-Rieul, Saint-Maurice, les Cordeliers, Saint-
Hilaire et Saint-Geneviève sont totalement détruits.

— Mais qu'est-ce que ceci ? s'écria tout à coup
le Parisien qui, en marchant, levait assez volontiers
le nez en l'air, comme pour flairer les curiosités ;
et il s'arrêta dans la rue Saint-Hilaire, où ils se
trouvaient en ce moment, en face d'une maison.
Je vois un fragment de contrefort, si je ne me
trompe, et avec un petit clocheton à crochet.

— Vous ne vous trompez pas : c'est tout ce qui
reste de l'église Saint-Hilaire détruite en 1711 ;

vous voyez qu'en faisant ce mur et l'angle de la
maison, on a respecté ce petit débris; maintenant,
nous voici en face d'une des plus belles églises du
commencement du treizième siècle, un des repré-
sentants les plus purs de la période ogivale pri-
maire: c'est l'église Saint-Frambourg actuellement
convertie en magasin; examinez combien, malgré
l'harmonieuse simplicité des lignes, ce portail est
richement décoré avec ses tores, ses pampres, ses
dentelures! Les chapiteaux des colonnettes sont
chargés de feuillage. Il est bien fâcheux que l'immense rose qui se trouve au-dessus du portail ait
été bouchée et ne renferme que ces trois lancettes
ajoutées postérieurement. Nous pouvons d'après le
le portail nous représenter ce que devaient être
les meneaux primitifs. L'intérieur bien conservé
forme un ensemble complet et uniforme, beureu-
sement préservé de ces adjonctions maladroites
et disparates qui gâtent si souvent le monument
primitif. Je ne vous dirai que quelques mots de
son histoire. Le chapitre de Saint-Frambourg fut
fondé pour douze clercs, par la reine Adelaïde,
femme de Hugues Capet. Louis-le-Jeune fit recons-
truire l'église telle que nous la voyons. La collégiale
opulente jusqu'au XVe siècle, éprouva ensuite des
pertes considérables. Nous voici tout près de la
cathédrale: c'est le plus beau fleuron de notre

couronne, mais veuillez jeter en passant un coup d'œil sur l'hôtel épiscopal, dont il reste quelques portions du seizième siècle, et sur cette maison, place Notre-Dame, n° 2. Elle date aussi du commencement du XVI° siècle. Voyez cette grande porte ogive à cannelures, et les fenêtres également entourées de cannelures et de filets. Nous voici enfin devant la cathédrale, mais ne regardez pas encore ; allons tout de suite voir la façade principale : bien ! mais auparavant, retournez-vous pour regarder l'enseigne des Trois-Pots, incrustée dans le mur de cette maison.

— L'hostellerie de maître Martin-Michel !

— Vous voyez que je n'ai rien improvisé ; nous pouvons maintenant nous occuper tout à notre aise de la cathédrale. Comme vous pouvez le voir du premier coup d'œil, cette façade, sauf quelques restaurations, appartient à l'époque de transition. Le portail est formé d'une arcade en ogive ornée de colonnettes dont les fûts supportent de grandes statues, représentant les principaux personnages de l'ancienne loi. Voici entre autres Abraham sur le point de sacrifier son fils Isaac, un ange retient l'épée prête à frapper ; les archivoltes sont remplies de statuettes, et le tympan est occupé par deux grands bas-reliefs. On s'occupe de la restauration de ce magnifique portail, dégradé pendant la révo-

lution ; au-dessus, une grande fenêtre romane ins-
crivant trois autres arcades plein cintre ; plus haut
une grande rose à rayons, et deux statues renfer-
mées dans des niches entourées d'arcades romanes. Enfin, au sommet de la façade, une balustrade
à jour et des gargouilles. Deux tours se trouvent
aux côtés de la façade, ornées de fenêtres romanes
et de roses, d'une galerie à balustrade, de contre-
forts munis de clochetons ouvrés et de gargouilles.
Là se termine la tour du nord, mais tout cela n'est
que le piédestal de l'admirable flèche qui, dans
celle du midi, commence à l'endroit de la galerie
par un étage à huit pans percés d'une lancette
étroite à longues et élégantes colonnettes ; plus
haut commence la flèche, composée d'une pyramide et d'un clocheton trigone, à crochets saillants ;
à leur base sont deux petits clochetons dentelés ;
ce charmant édifice, d'une parfaite délicatesse de
structure, d'un travail exquis, s'élève à soixante-
dix-huit mètres au-dessus du sol.

— Il me semble qu'à partir de la galerie, c'est
tout un autre style ?

— En effet, le clocher, de même que les transepts, appartiennent à une époque beaucoup plus
récente ; mais ceci m'amène à vous dire quelques
mots de l'histoire de ce beau monument.

CHAPITRE IV.

— En me racontant l'histoire de Saint-Rieul, ne m'avez-vous pas parlé d'un temple situé à l'emplacement de la cathédrale?

— En effet et depuis, à une époque difficile à préciser, on y bâtit une église dédiée aux saints Gervais et Protais; elle fut reconstruite à la fin du Xe siècle, puis rétablie au douzième: c'est de cette dernière époque que datent la façade et la plus grande portion de l'intérieur que nous allons visiter. Ce fut sous Louis-le-Jeune que l'église achevée fut consacrée à la sainte Vierge, tout en conservant comme patrons secondaires saints Gervais et Protais, aussi l'a-t-on appelée depuis lors Notre-Dame de Senlis; on y travailla à diverses époques pendant les siècles suivants; en 1417, il y eut un incendie qui causa de grands ravages; en 1504, la foudre produisit un immense dégât : toute la couverture, les combles, l'étage supérieur, furent brûlés, les cloches fondues, le clocher ébranlé. Le plomb fondu coulait dans les rues comme l'eau à l'époque des pluies torrentielles. Ce fut alors que, sous Louis XII et François Ier, l'on fit les grands travaux que vous voyez, c'est-à-dire le clocher, la partie supérieure de l'église et les transepts qui furent ajoutés. Chacun s'imposa pour subvenir aux frais énormes de cette reconstruction. Maintenant, pénétrons dans l'église : tout le rez-de-chaussée appartient à la première époque ; les arches à gros boudins s'appuient sur des piliers massifs à chapiteaux armés de feuillages ; le chœur est d'une longueur exceptionnelle, plus grand que la nef ; il comprend cinq travées séparées aussi par des piliers comme ceux de la nef, sauf deux colonnes qui, de même que dans la nef alternent avec eux. Examinez la variété d'ornementation de ces chapiteaux, ces piédestaux à pattes, les colonnettes à anneaux des fenêtres des chapelles du fond qui appartiennent aussi à l'époque primitive, leurs voûtes à gros boudins croisés!... Tout le reste date de la reconstruction et appartient au style flamboyant. Sortons maintenant, et examinons la façade du transept méridional.

— Quelle profusion d'ornements, de dentelures, d'arabesques, de statues, de clochetons! s'écria le Parisien; c'est un vrai feu d'artifice de pierre.

— Hélas! oui, nous touchons à la décadence; mais au lieu de vous laisser éblouir par l'ensemble, prenez la peine d'examiner quelques-uns des détails. Quel fini! quelle perfection dans la sculpture de ces dais, de ces trois balustrades fièrement découpées qui se superposent, des meneaux de cette rose flamboyante. Le transept opposé est du même style, mais l'ornementation en est plus sobre...

— On ne se lasserait pas d'admirer, mon ami; il faudrait des heures pour passer en revue chacun de ces chefs-d'œuvre de sculpture; mais vous savez que mon temps est limité; si vous le voulez bien, nous continuerons notre tournée.

— Soit! puisqu'il le faut; j'aurais cependant bien voulu vous montrer les chapelles nouvellement restaurées d'une façon qui fait honneur au goût des divers donateurs, mais j'espère que vous reviendrez bientôt nous voir; nous voici en face d'une caserne...

— Qui ressemble beaucoup à une église du XVe siècle.

— Vous ne vous trompez pas: c'est Saint-Pierre, dédiée en 1457; elle fut longtemps l'une des paroisses de la ville, puis réunie à la cure de Saint-

Hilaire. Le portail forme une belle ogive à tympan, renfermant deux fenêtres; au-dessus, il y a un retrait où s'ouvre une grande fenêtre à quatre divisions tréflées, avec un pignon aigu. Les pignons sont tous remarquables par leurs crochets; la pyramide octogone est également garnie de crochets et percée de jours.

— Et qu'est-ce que cette grosse tour carrée, couronnée d'une sorte de vase rond renversé?

— Une coupole! soyez plus respectueux, on la doit à la malencontreuse générosité des habitants vers la fin du XVIe siècle.

— Ils ont sans doute trouvé que c'était un des chefs-d'œuvre de la renaissance, que Dieu ait pitié de leurs ames!

— Puisque cette coupole vous offusque tant, tournons-lui le dos et allons au théâtre.

— Mais c'est encore une église!

— Oui, celle de Saint-Oignon, vous pouvez y voir des traces du quatorzième siècle dans cette fenêtre à boudins et à colonnettes, dont les chapiteaux sont ornés de deux rangs de feuilles; voici des fenêtres romanes avec des billettes, enfin une portion du XVIe siècle; Saint-Oignon était aussi une des paroisses de Senlis. Voici l'église des Carmes convertie, comme celle de Saint-Pierre, en caserne; les Carmes y remplacèrent les frères de la Charité appelés Bons Hommes ; l'église avait été bâtie sous saint Louis. Arrivons enfin à Saint-Vincent. Les magnifiques constructions que vous voyez au fond de cette vaste cour datent de 1660 ; les religieux en commencèrent la construction, vers cette époque ; l'église a été consacrée en 1060. C'est à Anne de Russie, femme d'Henri Ier, que l'on doit la fondation de la communauté religieuse qui y résida long-temps. Elle s'établit à Senlis et fit bâtir l'église sur l'emplacement d'une petite chapelle ruinée ; en 1065, elle établit des religieux de l'ordre Saint-Augustin avec plusieurs priviléges et bénéfices qui furent confirmés par Philippe Ier. Louis-le-Gros leur accorda de nouveaux bénéfices. Sous Louis-le-Jeune, une réforme fut jugée nécessaire, et l'on envoya de nouveaux religieux qui apportèrent une sévère discipline. Philippe de Valois fut un des bienfaiteurs de l'abbaye, ainsi que Charles V. Les chanoines de Saint-Vincent avaient la préséance sur les curés de la ville et ils portaient des robes blanches doublées de rouge. Venez voir l'église. Le portail ancien se trouve malheureusement masqué par une construction plus ou moins grecque que l'on s'est cru obligé d'accoler à la façade, probable-ment à l'époque où l'on a construit les autres bâtiments, mais au-dessus, il y a une grande rose entourée de dents de scie et une fenêtre romane à

colonnettes. La tour est carrée et ornée de fenêtres romanes; dans le haut de longues lancettes.
A l'intérieur, vous remarquerez que l'abside est
coupée carrément, les arcs de la voûte très-simples
laissent retomber leurs deux tores sur les chapiteaux feuillus de hautes colonnes; mais 'j'aurais
encore bien des choses à vous montrer ici et
ailleurs.

— Cela m'est absolument impossible; voici
l'heure du retour, accompagnez-moi un peu et
dites-moi, chemin faisant, ce que devint M. de
Thoré; il a dû bien s'ennuyer, depuis que nous
l'avons laissé sur les remparts avec ses canons
crevés, sans munitions, et la population démo-
ralisée.

— Elle avait placé son espoir dans le ciel, et la
confiance et le courage étaient revenus. Cependant
la situation était des plus critiques. Le dimanche
14, on avait vu un soldat ligueur descendre dans
le fossé du rempart; on s'empara de lui, il voulut
d'abord faire croire qu'il désertait le camp du duc
d'Aumale et venait se ranger du côté des royalistes. Bientôt reconnu pour un espion et voyant qu'il
allait être pendu, il se décida à répondre à toutes
les questions avec la plus complète franchise.

— Permettez-moi de vous interrompre; votre
histoire va devenir peut-être palpitante d'intérêt,

et je ne pourrais pas l'écouter avec calme, si vous ne me répondiez à deux questions.

— Lesquelles ?

— Parlez-moi du sort futur de la tour à coupole de Saint-Pierre et du portail enfoui de Saint-Vincent ; il me semble qu'à une époque comme la nôtre, lorsqu'après ce long engourdissement du sens du beau, ce retour aux formes païennes que l'on n'a même pas su imiter, on veut ressusciter celles du moyen-âge, il me semble, dis-je....

. — Que l'on devrait refaire la tour Saint-Pierre, et dégager le portail Saint-Vincent ; je suis tout à fait de cet avis, mais quant à la première, on est depuis si longtemps habitué à la voir, qu'elle ne gêne plus personne ; pour le portail, nous espérons bientôt le voir surgir dans son ancienne splendeur, grâce aux soins du supérieur de Saint-Vincent.

— Je suis rassuré, continuez votre histoire.

— Cet espion avoua donc que dans le camp du duc d'Aumale, grâce à des renforts successifs, il y avait 12,000 hommes de troupes et dix canons, que le lendemain tous les efforts des assaillants se concentreraient sur un point des remparts entre la porte de Paris et celle de Creil, que l'on comptait battre les murs jusqu'à ce qu'il y eût une brèche qui laissât pénétrer les ligueurs. Une pareille nouvelle n'était pas rassurante ; aussi on parlait de

capituler; mais de Thoré annonça qu'une lettre de
M. de Longueville promettait du secours dans trois
jours; ainsi que l'avait dit l'espion, toute l'artillerie
ennemie battit en brèche les remparts; pendant les
journées du 15 et du 16 neuf cent quatre-vingts
coups de canon furent tirés; il n'y eut que cinq
assiégés de tués, mais une énorme brèche de 120
pas, d'autres disent de 220, laissait un libre passage
aux ligueurs. C'est alors que le sire de Béranglise,
un des chefs ligueurs, entre en parlementaire dans
la ville pour proposer aux troupes royalistes de
livrer Senlis. M. de Thoré réclame la vie sauve pour
les siens et tous les habitants; il exige que les troupes sortent librement avec armes et bagages, enseignes déployées. Les débats durèrent longtemps;
porteur de l'ultimatum du duc d'Aumale, le sire de
Béranglise exige de la ville une rançon de vingt
mille écus; le sire de Thoré n'en veut accorder que
dix. Le bruit d'une vive canonnade interrompt la
discussion et le tocsin sonne. Tout ému, le parlementaire proteste de son innocence; tous se portent
à la brèche; là se concentrent tous les efforts; ce
petit espace est le théâtre d'une lutte opiniâtre et
sanglante. Les ligueurs, se jetant hardiment dans le
fossé plein d'eau, montent à la brèche; ils ont déjà
planté leur drapeau sur un des bastions; il en est
arraché, et les premiers assaillants sont rejetés

morts de l'autre côté du rempart. Messieurs de Boutteville, de Sinerpont, d'Armentières, d'A-gnon, le capitaine Beauregard font face à l'ennemi avec leurs cuirassiers; les arquebusiers de la ville ne cèdent pas un pouce de terrain, et se font tuer sur la brèche. Après six heures d'un combat acharné, les ligueurs, trois fois repoussés, se reti-rent enfin, malgré les efforts de leurs chefs; ils ont laissé au pied des murs 80 morts et emportent 800 blessés; du côté des assiégés la perte fut moins grande; on eut cependant à déplorer la mort du ca-pitaine Beauregard; les sires de Sainte-Geneviève, d'Aubecourt, Blondel furent gravement blessés.

» Le lendemain 17, les conférences sont reprises; on envoie au camp des ligueurs un des échevins pour traiter de la capitulation; le sire de Béranglise demande toujours 20 mille écus et douze otages pour en assurer le paiement. Pressé par les habi-tants, ne pouvant se dissimuler que la place est hors d'état de se défendre, M. de Thoré va céder. Tout à coup de grandes clameurs s'élèvent dans la ville: « Voilà le secours! » On vient, du haut de la tour de l'évêché, d'apercevoir une troupe royaliste arrivant vers Senlis. En effet, c'étaient messieurs de Longueville et de la Noue, avec 800 chevaux et quinze cents arquebusiers et pédescaux. M. de la Noue avait quitté Compiègne et s'était hâté d'accourir à Senlis; après un combat de générosité, M. de Longueville lui avait cédé le commandement. Bien renseigné sur les forces du duc d'Aumale, la Noue était parti sans son artillerie, sachant que les espions du duc d'Aumale lui rapporteraient cette circonstance et qu'il négligerait d'employer ses canons. Il rangea sa petite armée au-dessous de Montépillay, sur le territoire de Montlevêque; après une petite allocution aux chefs pour leur démontrer que, malgré l'infériorité numérique des leurs, ils viendraient facilement à bout des bandes indisciplinées des ligueurs, il divisa sa cavalerie en cinq corps, mit son infanterie sur deux lignes derrière lesquelles était masquée l'artillerie qu'il avait fait venir plus tard, et, plein de confiance, il attendit l'attaque du duc d'Aumale. Celui-ci, fier de l'immense supériorité de son armée, négligea les précautions; il divisa sa cavalerie en trois corps, qu'il lança en avant, tandis que l'infanterie suivait de trop loin pour pouvoir la soutenir; d'ailleurs cette infanterie neuve, indisciplinée, composée d'un ramassis de volontaires pillards et factieux, maneuvrait sans ensemble. Le duc d'Aumale, ainsi que l'avait prévu La Noue, laissa ses canons sous les murs de la ville. En voyant tout cela, La Noue s'écria : « Eh! bien, décidément, mes enfants! nous les écraserons, et nous leur passerons sur le ventrel » Maintenant je puis laisser la parole à un homme mieux informé que moi, à Vauttier, témoin oculaire de la bataille.

« Les prières faites, les deux armées étant proches l'une de l'autre entre Moulépilloy, la Victoire et la dite ville de Senlis, à l'endroit d'une longue haie et d'un grand poirier, commencèrent à s'escarmoucher d'une part et d'autre, tant qu'ils se joignirent au combat et vinrent aux mains de telle sorte, que les ennemis étant chargés des escopetiers de M. de La Noue, entrèrent de si grande furie, qu'ils défirent la compagnie de M. de Maineville où il fut tué et celle de M. de Vieux-Pont qui fut pris prisonnier. Mais il fut secouru du seigneur de Lesseval qui fut navré et amené prisonnier en cette ville au lieu du dit Vieux-Pont. Mais comme le gros de cavalerie et piétons vinrent de furie pour charger l'infanterie de secours, elle se fendit et ouvra de telle industrie, que les pièces de campagne qui étaient au mitan d'eux, firent en peu d'heures de telles rues en l'armée de l'ennemi, continuant les canonniers à tirer icelles si soudainement qu'ils n'eurent loisir de se prosterner contre terre selon l'usance de la guerre, et leur envoyèrent tant de canonnades qu'ils en firent belle dépêche, et en prirent telles épouvantes qu'en peu de temps ils furent rompus et mis en route par le dit secours qui les poursuivirent de toutes parts, en leur taillant de telles écharpes rouges de leurs coutelas reluisants, desquels ils faisaient bon marché de leurs corps, quittant armes et enseignes pour mieux courir légèrement, abandonnant artillerie, bagages, munitions de guerre et belles boutiques garnies de toutes sortes de marchandises. Plusieurs y furent tués, grand nombre de blessés et estropiés et infinis prisonniers. Ce qui leur fut le plus contraire, ce fut l'eau de Nonette qu'ils avaient coupée à leur arrivée, laquelle s'épandit dans les prés et était si grande, que plusieurs s'y noyèrent avec leurs chevaux, chariots, charrettes et bagages ne pouvant passer pour n'y avoir que deux chaussées, l'une à Villemetrie et l'autre au moulin Saint-Etienne. Pensant se sauver dans les bois, ils y étaient tués et égorgés des paysans qui s'y étaient retirés attendant l'issue de la bataille, venus au siége, pensant avoir leur part du butin de la ville et faire jeter dans le feu tous les papiers des habitants. S'il y eut jamais chose merveilleuse, miraculeuse et dont l'issue admirable doive être attribuée à Dieu, c'est cette bataille d'une petite assemblée de gens contre un si grand nombre d'ennemis, lequel ne veut point que nous nous appuyions totalement au support humain, ainsi que nous nous fiions à lui qui peut tout! »

» A cet intéressant récit, on peut ajouter que les assiégés, voyant s'ébranler les colonnes du duc d'Aumale et suivant, du haut des remparts, les péripéties du combat, s'élancèrent au secours de messieurs de Longueville et La Noue, et achevèrent la défaite des ligueurs. Cette défaite fut complète ; il y eut onze cents hommes tués, douze cents prisonniers ; on prit les dix canons, les drapeaux et le butin fut estimé trente mille écus. Ainsi se termina ce siége mémorable, pendant lequel les troupes royales et les bourgeois de Senlis rivalisèrent d'héroïsme pour conserver à la cause légitime cette ville importante, clef de la Picardie. Je dois ici relater un fait dont les historiens font mention et qui est trop honorable pour qu'on le passe sous silence. Il s'était agi de faire entrer des munitions de bouche et de guerre dans Senlis, mais les royalistes n'avaient pas de quoi les racheter, et les traitants n'ont jamais su faire crédit à ceux aux dépens desquels ils se sont enrichis. « Oh ! oh ! s'écria La Noue, ce sera moi qui ferai la dépense ; garde son argent quiconque l'estimera plus que son honneur ! Tant que j'aurai une goutte de sang et un arpent de terre, je les emploierai pour la défense de l'État. » C'est ainsi qu'aux dépens de sa fortune personnelle, en engageant ses terres, il put ravitailler la place. Henri III, alors à Tours, fit chanter le *Te Deum* à Saint-Gatien pour remercier Dieu de cette victoire. Après la levée du siége, les habitants, aidés par la garnison et les réfugiés, s'occupèrent à relever les murailles, à réparer les fortifications endommagées par les boulets et à rendre son cours à la Nonette; ils firent aussi des présents aux braves seigneurs royalistes qui les avaient secourus et aux dames de Chantilly. Le brave de Thiel et ses amis, sous la direction de M. de Thoré composèrent depuis lors la compagnie des *arquebusiers royalistes* qui subsista jusqu'à la révolution; elle avait un drapeau d'azur aux armes de la ville, avec cette devise : *Ils ont soutenu la gloire du roi à perte de leur sang et conservé la pureté des lys!* [1] Cette troupe, composée de 50 bourgeois, portait l'habit écarlate, parements et collet de velours noir, boutonnières brandebourgs et épaulettes en or, veste et culotte chamois, boutons de vermeil, bas de soie blancs, chapeau bordé d'or et plumet blanc.

» Quelques jours après, M. de Balagny faisait enterrer dans la cathédrale, proche la chapelle Saint-Antoine, le corps de son frère tué dans la bataille. La dalle portait cette inscription:

[1] Les armoiries étaient de gueules au pal d'or et un lys au-dessus de l'écusson.

« Icy repose le corps du très-haut et très-puis-
» sant seigneur messire François de Brouly, che-
» valier de l'ordre du Roy, gentilhomme ordinaire
» de la chambre, etc., etc., tué pour le service du
» Roy à la bataille de Senlis, le 17 mai 1589. »

» Peu de temps après, arriva la mort tragique
d'Henri III. Le seigneur de Thoré, qui commandait
encore dans la ville, fit reconnaître l'autorité du
roi de Navare qui, bien longtemps avant la prise
de Paris, comptait les Senlisiens parmi ses plus
fidèles sujets ; mais là ne se bornent pas les souvenirs historiques.... »

— Tant pis ! dit le Parisien, je ne puis vous écouter davantage, car le conducteur, du haut de son
siége, me fait de grands signaux ; le chemin de fer
n'attendra pas à Chantilly, si nous arrivons après
l'heure. Adieu !

— Revenez bientôt, lui cria encore son ami ; je
vous ferai visiter les environs.

— La suite au prochain numéro ! répondit le
Parisien, en passant la tête par la portière de l'om-
nibus qui s'éloignait rapidement.

FIN.

TABLE.

CHAPITRE IV.

FIN DE LA TABLE.

Tournai, typ. Casterman.

PARIS   TOURNAI

LIBRAIRIE DE P. LETHIELLEUX,   LIBRAIRIE DE H. CASTERMAN,

Rue Bonaparte, 66.   **Rue aux Rats, 11.**

H. CASTERMAN
ÉDITEUR.

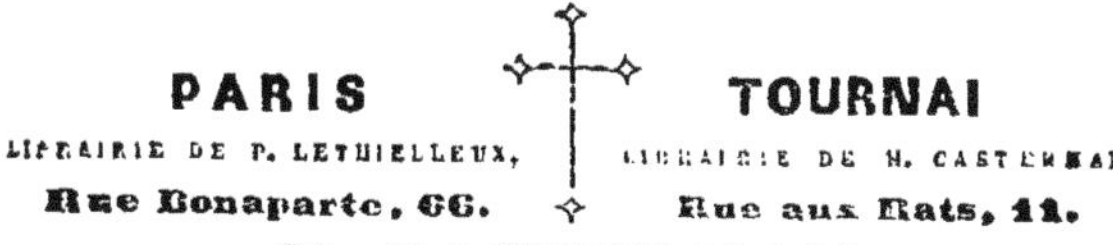

Récits Historiques

Faits principaux de l'Histoire ancienne et moderne

DE LA BELGIQUE;

Biographie des hommes célèbres et utiles, histoire des villes, villages,
abbayes, châteaux, monuments, lieux célèbres, etc., commerce,
industrie, beaux-arts, lettres, sciences, etc., traditions
et légendes, mœurs, usages, fêtes, aspects, etc.;

Par Ad. SIRET,
Membre correspondant de l'Académie royale de Belgique.

OUVRAGE RÉCOMPENSÉ PAR LE GOUVERNEMENT.

Collection économique, publiée dans le format in-12, papier fort.
Chaque volume d'environ 120 pages in-12 est orné d'un sujet gravé et
élégamment broché.   60

(*) (Pr) *Cartonnage papier chagriné, bel écusson doré.*	80
(Prd) *id.* *tranche dorée.*	1,05
(Tr) *Toile anglaise chagrinée ou gaufrée, écusson.*	90
(Trd) *id.* *tranche dorée.*	1,15

1. **Les trois Gilders.** (Fland. or.)
2. **Les Vacances.** (Namur.)
3. **Le manuscrit de famille.** (Brab.)
4. **Les soirées en famille.** (Hainaut.)
5. **La galerie de tableaux.** (Anvers.)
6. **La dispute historique.** (Fl. occ.)
7. **Mon oncle le sorcier.** (Liége.)
8. **L'homme aux Légendes.** (Lux. et Limb.)

(*) On peut, au lieu de papier chagriné, écusson doré, demander ces volumes en cartonnage
estampé dont le prix est le même.

Récits Historiques et Légendaires

DE LA FRANCE.

Nous commençons sous ce titre une collection analogue à la précédente, et nous nous proposons de consacrer un ou plusieurs ouvrages à chacune des anciennes provinces françaises. Les faits anciens et récents, les curiosités de tous genres seront décrits aux jeunes lecteurs avec tout le charme du style et l'intérêt du drame, mais surtout on ne s'écartera jamais du vrai. Chaque ouvrage aura un ou plusieurs volumes in-12, orné d'un sujet gravé et élégamment broché. — (Même prix que Récits belges.)

Voyage en Flandre; par J.-P. **FABER**, auteur de la biogr. du card. Giraud et secrét. de la Soc. d'Emulation de Cambrai.

Les amis en vacances, pérégrinations en Flandre; par LE MÊME.

Veillées picardes; par LE MÊME.

Les bords de la Somme; par LE MÊME.

Un coin de la vieille Picardie; par **DE MARICOURT**.

Un anglais sur le chemin de fer du Nord; par LE MÊME.

Veillées d'Eure et Loir; par la B^{nne} **DE CHABANNES**.

Excursion dans le département de Seine-et-Oise.

Nouvelle Bibliothèque

MORALE ET AMUSANTE.

Chaque volume d'environ 120 pages in-12, est orné d'un sujet gravé et élégamment broché. — (Même prix que Récits belges.)

Simples historiettes pour l'enfance; par Mademoiselle V. **NOTTRET**, maîtresse de pension.

Angéline et Françoise; par LA MÊME.

Récompense du travail; par LA MÊME.

Contes du Jeudi; par LA MÊME.

Mon prix de sagesse; par LA MÊME.

Les petits vagabonds; par E. **STEWART**.

Blanche et Noémie; par Hubert **LEBON**.

Lia, esquisse du temps des Apôtres; par la M^{se} **DE CORTANZE.**

Tournai, typ. H. Casterman

9 782014 460391